KB268723

DOLL

DOLL
by Maria Teresa Hart

DOLL, First Edition Copyright ⓒ Maria Teresa Hart, 2022
All rights reserved.

Korean translation rights arranged with Bloomsbury
Publishing Inc. through ALICE Agency, Seoul.
Korean translation copyright ⓒ Bokbokseoga. Co., Ltd., 2026

이 책의 한국어판 저작권은 앨리스에이전시를 통해
Bloomsbury Publishing Inc과 독점계약한
복복서가㈜에 있습니다.
저작권법에 의해 한국 내에서 보호를 받는 저작물이므로
무단 전재와 무단 복제를 금합니다.

지식산문 ○ 07

DOLL

복복서가

지식산문 O 시리즈는 평범하고 진부한 물건들을 주제 삼아 발명, 정치적 투쟁, 과학, 대중적 신화 등 풍부한 역사 이야기로 그 물건에 생기를 불어넣는 마법을 부린다. 이 책들은 매혹적인 내용으로 가득하고, 날카로우면서도 이해하기 쉬운 문장으로 일상의 세계를 생생하게 만든다. 경고: 이 총서 몇 권을 읽고 나면, 집안을 돌아다니며 아무 물건이나 집어들고는 이렇게 혼잣말할 것이다. "이 물건에는 어떤 이야기가 숨어 있을지 궁금해."

_스티븐 존슨,

『탁월한 아이디어는 어디서 오는가』 저자

'짧고 아름다운 책들'이라는 지식산문 O 시리즈의 소개말에 전적으로 동의한다. (…) 이 책들은 우리가 당연하게 생각했던 일상의 부분들을 다시 한번 돌아보도록 영감을 준다. 이는 사물 자체에 대해 배울 기회라기보다 자기 성찰과 스토리텔링을 위한 기회다. 지식산문 O 시리즈는 우리가 경이로운 세계에 둘러싸여 있다는 사실을 상기시켜준다. 우리가 그것을 주의깊게 바라보기만 한다면.

_ 존 워너, 〈시카고 트리뷴〉

손바닥 크기의 아름다운 책 속에 이렇게나 탁월한 글이라니, 이 시리즈의 놀라운 점은 존재 그 자체일 것이다. (…) 하나같이 뛰어나고, 매력적이며, 사고를 자극해주고, 유익하다.

_제니퍼 보트 야코비시,

〈워싱턴 인디펜던트 리뷰 오브 북스〉

유익하고 재미있다. (…) 주머니에 넣고 다니다가 삶
이 지루할 때 꺼내 읽기 완벽하다.

_새라 머독, 〈토론토 스타〉

내 생각에 이 시리즈는 미국에서 가장 한결같이 흥미
로운 논픽션 책 시리즈다.

_메건 볼퍼트, 〈팝매터스〉

재미있고, 생각을 자극하며, 시적이다. (…) 이 작은
책들은 종이책을 좋아하는 사람들의 꿈이다.

_존 팀페인, 〈필라델피아 인콰이어러〉

권당 2만 5천 단어로 짧지만, 이 책들은 결코 가볍지
않다.

_마리나 벤저민, 〈뉴 스테이츠먼〉

이 시리즈의 즐거움은 (…) 각 저자들이 자신이 맡은
물건이 겪어온 다양한 변화들과 조우하는 데 있다. 물
건이 무대 중앙에 정면으로 앉아 행동을 지시한다. 물
건이 장르, 연대기, 연구의 한계를 결정한다. 저자는
자신이 선택했거나 자신을 선택한 사물로부터 단서를
얻어야 한다. 그 결과 놀랍도록 다채로운 시리즈가 탄
생했으며, 이 시리즈에 속한 책들은 그 자체로 하나의
작품이다.

_줄리언 예이츠, 〈로스앤젤레스 리뷰 오브 북스〉

지식산문 O 시리즈는 아름답고 단순한 전제를 두었다. 각 책은 특정 사물에 초점을 맞춘다. 이 사물은 평범하거나 예상치 못한 것일 수도 있고, 유머러스하거나 정치적으로 시의적절할 수도 있다. 어떤 사물이든 이 책은 각 사물 이면에 숨겨진 풍부한 이야기를 드러낸다.

_크리스틴 로, 〈북 라이엇〉

롤랑 바르트와 웨스 앤더슨 사이 어딘가의 감성.

_사이먼 레이놀즈, 『레트로마니아』 저자

인형을 사지 말라는 말을 한 번도 하지 않은

고마운 우리 엄마에게

그리고 데이비드와 니나에게

일러두기

1. 각주는 모두 옮긴이 주다.
2. 외래어는 국립국어원 외래어표기법을 따랐으나, 회사명, 제품
   명 등 일반적으로 통용되는 표기가 있을 경우 이를 참조했다.
3. 본문 중 고딕체는 원서에서 이탤릭체로 표기한 부분이다.

차례

태초에 인형이 있었다. 잘 때 안고 자는 보드랍거나 북슬북슬한 친구였을 수도 있고, 유행하는 옷을 입히고 포즈를 취하게 했던 딱딱한 플라스틱 인형이었을 수도 있다. 어린 시절의 기억을 더듬다보면 희미한 장면 어딘가에 인형 한두 개가 놓여 있을 가능성이 상당히 높다.

나에게도 인형이 있었다. 두 살 때였나 세 살 때였나. 내가 소유한 최초의 인형이 무엇이었는지 기억하려고 애써본다. 래기디 앤, 서맨사, 바비처럼 처음부터 이름이 붙어 있던 인형이었을까? 아니면 내가 직접 이름을 지은 나만의 인형이었을까?

광고를 보고 부모님께 사달라고 졸랐을까? 장난감 가게에 들어갔다가 마치 연예인을 본 것처럼 손가락으로 가리키면서 외쳤을까? "엄마, 저 인형이에요! 저거 사주세요!"

인형과 나는 어떻게 놀았을까? 엄마 놀이? 옷 입히기 놀이? 친구와 놀기로 한 날이나 파자마 파티에도 내 인형을 데려갔을까? 아니면 외롭고 쓸쓸할 때 나에게 위로를 주는 나만의 친구로 삼았을까? 그 인형의 운명은 어떻게 되었을까? 내가 크면서 자연스레 갖고 놀지 않게 되었을까? 내가 혹시 머리카락을 싹둑 잘라버리거나 팔다리를 쑥 뽑아버린 건 아닐까? 옷장이나 다락방에 처박아 놓았을까, 아니면 쓰레기통에 버렸을까?

아니면 그 인형은 여전히 나와 함께하면서, 오늘까지도 내가 여성성이라는 경계선 안에 머물도록 하고 있을까?

기억이 날까 말까 하는 첫번째 인형 다음에도 내게는 많은 인형이 있었다. 내 장난감 상자는 잦은 변화가 일고 격동이 몰아치는 왕국이었고, 나는 그 왕국을 지배하는 변덕스러운 여왕님이었다. 나의 총애를 받는 인형은 세월과 함께 변했는데 마담알렉산더였던 것이 어느 날부터는 헝겊 인형이 되기도 했고, 하루아침에 내 사랑이 바비 인형에서 양배추 인형으로 옮겨가기도 했다. 아메리칸 걸 인형이 세상에 나왔을 때는 그 회사의 카탈로그를 한 자 한 자 외울 듯이 들여다보면서 나만의 성격유형 찾기 테스트로 이용했다. 나는 커스틴에 가까울까? 아니면 서맨사인가? 혹은 몰리?

유년기의 한가운데라 할 수 있는 여덟 살 때 우리 가족은 버지니아 교외로 이사했다. DC쇼핑몰이 나의 놀이터가 되었고, 스미스소니언박물관은 나만의 보물찾기 장소가 되었다. 스미스소니언에서는 곧잘 대형 박람회가 열렸는데, 특이한 취향을 가진 관객들을 만족시키는 독특한 테마의 전시회들이 많았다. 삼엽충의 세계라든가 역대 영부인들의 드레스 전시회도 있었고 박제동물 박람회도 있었다. 그리고 당연하게 인형 박람회도 열렸다.

어느 해 크리스마스 선물로 나는 국립미국사박물관의 기프트숍에서 구입한, 골동품을 재현한 도자기 인형을 하나 받게 되었다. 이 선물을 기점으로 나는 인형에 집착하게 되었는데, 그냥 갖고 노는 장난감으로서가 아니라 하나의 작품이자 소녀성을 상징하는 오브제로서 인형에 특별한 감정을 품게 된 것이다. 물론 시간상 내 소녀 시절은 몇 년이 흐르면 끝날 운명이었지만, 이와 별개로 인형이 젊은 여성성이라는 이상화되고 신비로운 상태를 상징한다고 느끼게 된 것이다.

진짜 원조에 대한 욕심이 서서히 피어났다. 아크릴유리 상자에 들어 있는 골동품 인형에 눈을 떴다. 밤늦게까지 플래시를 들고 인형의 종류, 가치, 특징 등을 담은 블루북을 읽어내려갔고, 특히 인형의 역사에 빠져들었다. 이 유서 깊은 인형들에는 애니나 조 같은 투박하고 평범한 이름이 붙어 있지 않았다. 그들은 케스트너, 쥐모, 에른스트 호이바흐 같은 우아하고 어른스럽고 고풍스러운 이름으로 불렸다. 이는 인형 회사나 제작자가 최초로 만들었을 때 붙인 이름으로, 골동품 인형 수집가들은 이 이름으로 인형을 구분했다.

나는 여전히 용돈을 받는 어린이였고 집안일이나 심부름으로 받을 수 있는 용돈에는 한계가 있었다. 내가 우리집 식기세척기에 아무리 자주 열심히 접시들을 넣는다 해도 스미스소니언박물관에 전시될 만한 고급 골동품 인형을 손에 넣을 방법은 없었다. 하지만 에스테이트 세일*을 찾아다닐 수는 있었다. 또한 신문이나 잡지에 난 작은 광고란의 중고품 매물을 밤새워 살피면서 용돈으로 살 만한 인형을 찾아 헤맬 수는 있었다. 어쩌면 그때의 나는 인테리어 공사를 하면 몰라보게 달라질

* 노인들의 유품을 판매하는 세일.

싸고 낡은 집을 찾고 있었다고 할 수도 있다.

그러다 어느 날 세상에는 인형 박람회라는 것이 열린다는 사실을 발견했다. 이 박람회는 호텔의 파티장이라든가 행사장에서 열리는 이벤트로, 온갖 종류의 인형 판매자들과 인형 마니아들이 한곳에 모여 인형을 전시하고 구경하고 사고팔았다. 그곳에 간 내가 어떤 모습이었는지 지금도 눈에 선하다. 빨간색 크로스백을 멘, 그 안에 몇 주 동안 집안일과 심부름으로 모은 꼬깃꼬깃한 현금 80달러를 넣고 온 어색한 모습의 십대 초반의 여자애. 나는 그곳에서 단연코 튀는 존재였다. 이런 행사에 입장한, 몇십 년 만의 최연소 참가자가 분명했다. 내 주변에는 수많은 인형들이 치렁치렁한 천을 덮은 탁자 위에 케이크 경연대회에서 수상한 케이크들처럼 진열돼 있었다. 매대를 지키는 사람들은 소중한 보물이 전시된 박물관의 관리인처럼 행동하기도 했지만, 래커를 칠한 어떤 여성성의 대표자 역할도 했다. 내가 어떤 인형에 관심을 보이면 판매자들은 그 즉시 인형의 약력을 줄줄 읊어댔다. 탄생 연도, 탄생 배경, 미적인 특징, 인기도, 약간의 약점 등. 나는 당시 많이 어렸지만, 인형들이 받는 평가가 실제 여성들이 살면서 견뎌야 하는 평가와 같은 유형이라는 사실을 알아챌 수 있었다. 인형이 현실을 반영하는 걸까? 아니면 혹시 이 인형들이 그와 같은 기대치를 만들어낸 걸까?

일부 라틴아메리카 국가에는 마지막 인형La Ultima Muñeca이라는 전통이 있는데, 이는 소녀가 완전히 자라서 여성이 될 준비가 되었음을 의미한다. 이 기준을 따르면 나는 성인이 된 적이 없다. 나는 일반적으로 적절하거나 정상이라 말할 수 있는 시기를 훨씬 지나서도, 러플이 달린 옷을 입은 깜찍한 표정의 작은 존재들을 계속 수집했다. 그 중 몇 개는 대학교 기숙사뿐 아니라 첫 자취를 시작한 아파트에도 가져갔다. 사실 이 글을 쓰고 있는 지금도 그 인형들은 내가 있는 곳에서 몇 걸음 떨어지지 않은 곳에, 침대 밑과 옷장 속 신발상자나 정리함 안에 얌전히 자리를 지키고 있다.

하지만 언젠가부터 나는 인형을 수집하는 사람에서 인형에 대해 질문하는 사람으로 변모했고, 지금은 인형 문화를 취재하는 기자이자 탐구자가 되었다. '여성스러운 것'에 무조건 끌리는 사람으로서 나는 드레스, 하이힐, 화장품을 좋아하는 것과 같은 태도로 인형을 사랑했다. 인형이란 화려한 장식, 아름다운 꾸밈, 여성스러움이라는 세계의 대표주자였다. 동시에 나는 여성성을 형성하는 모든 아이템과 마찬가지로, 이 사회가 인정하는 정상성의 지지를 받아들여 내가 인형을 더 바짝 끌어안게 되었다는 사실 또한 깨달았다. 내가 여성스러운 물건이나 인형에 빠져 있으면 기분 나쁜 소리를 듣지 않았고 때때로 보상을 받았으나, 이런 물건들을 거부하거나 좋아하지 않으면 약간은 이상한 사람처럼 취급되었다. 질문하는 사람이 되고 난 다음부터 나는 이런 감정들을 명확히 분석해보고 싶어졌다. 나의 모든 성장과정에서 여성성이 자의가 아닌 타의에 의해 강요되고 강화되어온 것 같았기 때문이다.

머리가 굵어지면서 나는 여성과 여성성이 무엇인가에 대한 사회적 메시지를 나도 모르게 내면화해왔다는 사실을 의식하게 되었다. 대체 이런 메시지들의 기원은 무엇일까? 하이틴 잡지였을까? 내가 하이틴 잡지를 읽을 무렵 〈YM〉이나 〈세븐틴〉의 기사를 보면, 내 안에 이미 자리잡은 신념을 재확립할 뿐이라고 느꼈다. 그렇다면 그전에 또래 친구들에게서 이미 메시지를 받은 걸까? 일부는 그럴 수도 있을 것이다. 하지만 여성성에 대한 친구들의 생각에도 시작점이 있었을 것이다. 나는 여성성에 대한 신념이 태어난 기원을 추적하려 노력해보았다. 그것은 마치 마트료시카를 하나씩 여는 것처럼, 열고 열고 또 열어서 가장 가운데에 있는 콩알만한 마트료시카까지 가봐야 하는 일이었다. 과연 나는 언제부터 여자는 어떻게 행동해야 하고 어떻게 보여야 하며 어떤 가치를 중시해야 한다고 결정한 걸까? 여자에 대한 이러한 일반적인 생각들이 나를 그토록 완벽하게 설득할 수 있었던 이유는 무엇일까? 그 기원을 알기 위해서는 오래된 인형 상자를 열고, 내가 사랑하는 인형들에게 돌아가보아야 할 것 같았다.

소녀들의 인형은 소년들의 액션 피규어와는 정확히 반대 지점에 위치한다. 액션 피규어는 남성성, 권위, 전쟁, 갈등을 상징한다. 인형은 궁극적으로 여자가 사회에서 무엇을 추구해야 하는지 일러주며, 보통은 소녀들에게 계급, 인종, 신체, 역사, 명성과 관련하여 지배적인 가부장제, 이성애 중심주의, 백인중심주의, 장애인 차별주의적 사고를 미묘한 방식으로 강요한다.

나는 개인적으로 아직까지도 인형에 호의적이고 예쁜 인형에 끌리는 편이지만, 나와는 반대의 반응을 보이는 사람들도 많다. 특히 옛날 인형에 대해서는 더욱 그렇다. 어떤 인형에는 깜빡이지 않는 유리 눈알이 박혀 있다. 이 인형을 보면 소름이 끼치고, 어딘가 불편하고, 심지어 폭력의 위협마저도 느껴지는가? 귀신 들린 악마 인형은 오랫동안 공포영화의 단골 소재였지만, 많은 공포가 그러하듯 이 공포 또한 핵심에 약간의 진실이 담겨 있다. 인형은 무엇인가에 사로잡혀 있다. 무엇에게? 바로 우리의 열망에 사로잡혀 있다. 또한 인형은 어린 소녀들에게 돌봄이라는 엄마 역할을 가르치는 도구로 여겨지기도 하는데, 그보다는 이상화된 여성적 자아의 아바타가 되는 경우가 매우 많기 때문이다.

"인형"이라는 단어가 이상적인 여인의 줄임말

인 경우가 얼마나 많은지 생각해보자. 래그타임*노래 〈아, 너는 아름다운 인형Oh, You Beautiful doll〉은 1911년에 처음 녹음되었는데, 인형다움이 연인의 가장 사랑스러운 특질들을 요약한다고 말하는 문화의 예시가 되었다. "너는 아주 크고 아름다운 인형/네가 나를 떠난다면 나의 심장은 부서질 거야/너를 안아주고 싶지만 네가 부서질까 두려워." 이 노래의 후렴구다.[1]

"인형"이라는 단어와 이상적이고 사랑스러운 여성 사이의 연관성은 전 세계 문화에 공통적으로 존재한다. 내가 처음 뉴욕에 왔을 때 스페인어 사용자였던 상사는 젊은 라틴계 여성인 나를 인형을 뜻하는 스페인어 무녜카Muñeca라고 불렀다. 다른 언어에서도 인형과 여자 사이의 상호 연관성이 깊다. 프랑스어의 마 푸페트ma poupette,† 이탈리아어의 밤볼라bambola‡가 대표적이다. 이디시어에서 어린 이를 사랑스럽게 부르는 말로 주로 쓰이는 부벨레 bubbeleh는 '작은 인형'을 의미하기도 한다.

화장품 회사들은 인형과 여성 사이의 유구한 역사와 강력한 관계를 마케팅에 활용한다. 예를 들어 겔랑의 'K-돌 립스틱'과 랑콤의 '이프노즈 돌 래쉬 마스카라'가 있다. 또 아나스타샤베버리 힐즈의 '아메리칸 돌 리퀴드 립스틱' '돌 윙크 속눈썹' '돌 뷰티 코스메틱' '돌 페이스 스킨케어' 등이 있는데 이들은 극히 일부일 뿐이다. 인형 같은 외모를 갖추기 위해 메이크업 이상의 기술인 셀프 카메라 뷰티 필터와 성형수술도 동원된다. 이런 수단을 통해 여성이 성취하고자 하는 건 커다랗고 동그란 눈, 얇고 작은 코, 길고 풍성한 속눈썹, 앵

* 20세기 초 미국의 피아노 기반 대중음악으로, 흑인 음악 전통과 클래식 요소가 결합한 재즈의 전신이다.
† 나의 꼬마인형, 우리 아기 등의 뜻으로 여성 연인에게 쓰인다.
‡ 인형 같은 사람(예쁜 여자)이라는 뜻의 애칭.

두 같은 입술이다. 이 "성형" 절차는 어떤 사람을 뼈와 살로 이루어진 현실적인 모습에서 한 발씩 멀어지게 하고, 인공적인 완벽함에 가까워지도록 한다.

하지만 메이크업이 오직 여성만의 전유물이 아닌 것처럼, 인형의 세계 또한 여자와 소녀만 입성할 수 있는 영역은 아니다. 파격적인 스타일로 시대를 풍미했던 1980년대의 피트니스 아이콘 리처드 시먼스는 인형 수집가로 익히 알려져 있었고, 인형 잡지 〈돌 리더〉의 표지모델이 되기도 했다. 이 잡지는 시먼스의 취미를 열광적으로 소개한 여섯 장짜리 특집기사에 이렇게 썼다. "자신의 컬렉션에 대해 아는 남자. 그리고 자랑할 줄 아는 남자."[2] 또한 미국의 전설적인 드래그 퀸 트릭시 마

텔은 여러 편의 유튜브 영상을 통해 패션 인형들
이 카메라 앞에서 런웨이하는 모습을 보여주면서,
시청자들에게 '푸들 퍼레이드 바비'가 왜 독보적
으로 멋지고 세련된 인형인지 설명해주기도 했다.
트릭시는 어릴 때 '무빈 그루빈 바비'* 광고를 보
고 한눈에 반한 뒤 소년이 안전하게 인형을 획득
할 수 있는 모든 전략을 구사한 끝에 마침내 이 형
광색 원피스를 입은 1990년대 뮤즈를 손에 넣을
수 있었다.[3] 실제로 많은 소년과 논바이너리 어
린이들에게 인형을 갖는다는 것은 본인에게 잠재
된 여성스러운 면모를 주장하고 드러내는 방식이
었고, 말 그대로 인형을 갖고 놀 수 있는 방법이기
도 했다. 또한 젠더에 상관없이 모든 어린이에게
인형 놀이가 특별한 이유는 이 안에 무언가를 아
끼고 돌보는 행위가 들어 있기 때문이다. 1972년
에 발표된 동요 앨범《자유롭게 너와 내가 되기Free
to be You and Me》†에 실린 〈윌리엄의 인형〉에는 한 소

* 1997년에 출시된 바비.
† 배우 말로 토머스가 기획한 어린이들을 위한 동요 앨범.

년이 돌볼 인형을 원한다는 내용이 예쁜 가사로 표현되어 있다. 앨런 알다와 말로 토머스는 이렇게 노래했다.[4] "그 남자애는 인형을 갖고 싶대. 인형을 안아주고 돌봐주고 목욕시키고 세수시키고 옷 입히고 밥 먹이고 싶대."

하지만 역사적으로 인형의 타깃 고객이자 마케팅 대상은 어린 소녀들이었으며, 이들이 인형의 주요 소비자라는 사실은 변하지 않는다. 인형이 전하고자 하는 메시지는 긍정적이든 부정적이든 소녀들의 핑크빛 심장을 두근거리게 하는 것을 목표로 삼았다. 그렇기에 지정 성별이 여성이 아니었던 소녀들은 인형 놀이를 하면서 자신의 인생을 결정하는 중요한 순간을 만나기도 한다. 인형 놀이중에 자신의 젠더를 인식하거나 확인하는 것이다. 트랜스 여성이며 성소수자 인권운동가인 재즈 제닝스는 〈뉴욕타임스〉와의 인터뷰에서 말했다. "아주 어렸을 때부터 항상 인형을 갖고 놀았다. 인형 놀이는 부모님에게 내가 여자라는 사실을 전달할 수 있는 가장 좋은 방법이었는데, 나를 내 모습 그대로 표현할 수 있었기 때문이다."[5] 제닝스는 열여섯 살에 수많은 소녀들이 꿔왔던 꿈을 이룰 수 있었는데, 자신을 본따 만든 인형이 맨해튼 장난감 박람회에 전시된 것이다.

재즈 제닝스는 나보다 몇십 살이나 어린 세대인데도, 여전히 획일적인 남녀 구분의 세계에서 씨름해야 했다. 어린이 장난감이나 옷 시장에서 여전히 여자는 분홍색, 남자는 파란색으로 구분하는 것이다. 특히 장난감 매장에서 나타나는 젠더는 이분법적이다. 예를 들어 바비 인형을 보자. 바비 인형의 국적, 직업, 인종은 너무나 다양하지만 바비가 대표하는 여성성은 오직 한 가지 버전이다. 너무나도 여성스러운 여성, 극단적일 정도로 여성스러운 여성이다. 이 세상에 부치 바비 같은 건 없다(기념판 로지 오도널 버전을 예로 들 수는 있겠지만). 바비는 공사장 인부로 일할 수도 있으나 바비의 길고 곧게 뻗은 다리에는 털 한 가닥 나지 않는다. 긴 속눈썹은 동그랗게 천장을 향해 말려 올라가 있다. 입술은 무조건 연한 핑크빛이다. 언제 어디서나 풍성한 금발머리는 파도처럼 넘실거리며 허리까지 내려와 있어야 할 것이다.

하지만 최근 몇 년 사이 분위기의 변화가 감지되고 있다. 시스젠더만을 정상으로 보는 관점에 의문이 제기되고, 논바이너리를 대표하는 목소리가 들려오면서 과거의 천편일률적인 구분법에 대해 모두가 깊이 고민하고 있다. 요란스럽게 아기의 성별을 밝히는 "성별 공개 파티", 분홍/파랑 속싸개와 여아/남아의 옷들, 여아/남아용 장난감이나 완구류들에 대한 거부감이 드러나고 있다.

진보적인 부모와 양육자들은 아이가 장난감을 통해 전달되는 미묘하면서도 명시적인 메시지를 스스로 탐험하고 해석하게 하는 데 관심을 두며, 더 다양한 선택지를 요구하고 있다.

세상 모든 기업과 마찬가지로 인형 회사 또한 이윤을 목적으로 하기에, 세상의 변화에 발맞추고 고객들의 요구에 응답하려고 노력한다. 젠더 이분법에 충실하지 않은 인형에 대한 수요가 높아지자 마텔사는 2019년 후반 '크리에이터블 월드─모두를 위한 인형'을 출시하며, 시대의 흐름에 부응했다. "이 인형은 소년도, 소녀도 될 수 있고 둘 다 아닐 수도 있다"라고 〈타임〉은 보도했다.[6] "신중한 조율을 거쳐 제작된 이목구비는 어떤 젠더도 드러내지 않는다. 입술이 너무 도톰하지도, 속눈썹이 너무 길거나 팔랑거리지도 않고, 턱선이 너무 각지지도 않았다. 바비와 같은 볼록한 가슴도 없고 켄 같은 넓은 어깨도 없다." 하지만 이런 상품이 남녀 구분의 해방을 제안하는 것인지, 혹은 또다른 정상성을 강요하는 방식이 될지는 조금 더 지켜봐야 할 문제다.

작가이자 트랜스 인권운동가인 앨릭스 마이어스는 〈슬레이트〉에서 다음처럼 냉소적으로 말하기도 했다. "왜 이 인형들은 이상한 방식으로 새로운 종류의 패러다임을 강조하는 것만 같을까? 그들의 젠더 표현에는 단 세 가지 선택지만 있을 뿐이다. 남성성, 여성성, 남녀 반반이다. 이 또한 여전히 심각한 수준의 젠더 이분법 아닐까? 남성성과 여성성의 '다른' 옵션이 '둘 다'거나 '그 사이'라고 제안하는 것은, 자신의 젠더를 표현하려는 수많은 젠더 비순응인을 전혀 이해하지 못한 행동이다."[7]

그럼에도 최근 인형 시장에 획기적인 변화가 일어나고 있는 건 사실이다. "바비가 생산되는 다양한 형태를 통해 일종의 평등 연대기를 기록할 수도 있다." 트릭시 마텔은 카메라 앞에서 블랙 바비의 첫 에디션을 보여주면서 포장 상자에 적힌 문구를 소개했다. "그녀는 흑인이야. 그녀는 아름답지. 그녀는 다이너마이트야!"[8] 장난감 또한 사회를 반영할 수밖에 없고, 이에 장난감은 평등으로 향하는 주류 사회의 발전 방향을 보여주고 있기도 하다. 그러나 장난감 회사들은 문화적 전환점을 개척한다기보다는 이미 일어난 변화에 반응하기에 보통은 파티에 늦게 도착하는 편이다. 예컨대 블랙 바비는 1980년대가 되어서야 시장에 나왔다. 이는 잡지 〈보그〉가 베벌리 존슨을 최초의 흑인 표지모델로 선정했을 때보다 6년이 늦었으며, 인권운동이 미국의 인종차별에 대항한 법적·사회적 전쟁에서 승리를 거둔 지 20년이 지난 후에야 일어난 일이었다(1967년에 '컬러드 프랜시'라는 바비의 흑인 친구가 등장하긴 했지만, 정식으로 출시된 흑인 바비라고 할 수는 없었다).

장난감 회사들의 과거를 고려할 때, 현재 이 회사들이 젠더플루이드 인형 몇 가지를 선보이는 것이 그저 급한 불만 끄려는 시도는 아닐까? 성별에 따르는 행동을 강요하는 '젠더 폴리싱'에 대한 분노가 이제 막 시작될 즈음에, 마텔사가 역사의 옳은 쪽으로 뛰어든 제품을 론칭했다는 점이 시대의 흐름에 편승한 정도로 보이기는 한다. 하지만 나는 크리에이터블 월드가 시장에서 몇 개월 동안 반짝 관심을 얻었다는 것을 생각하고, 인형과 인형이 여성에게 영향을 미친 시간은 수세기에 이른다는 사실을 생각한다. 후자의 시간을 떠올리면 깊은 고민과 우려에 빠질 수밖에 없다.

그렇다면 일부 페미니스트들이 주장하는 대로 인형은 단순히 억압의 대리인으로서만 기능할까? 이 또한 환원주의적인 사고라 할 수 있다. 회색 지대를 위한 공간이 무척 많고, 때로는 바비의 드림 하우스의 파스텔 빛깔 안에도 여러 빛깔이 공존할 수 있다. 현인 가라사대, 두 가지가 동시에 진실일 수 있다. 인형의 경우에는 이천 개의 진실이 공존할 수 있다.

이제까지 인형에 대한 논의는 대체로 찬사 아니면 지나치게 여성적인 분홍색 장난감 쓰러뜨리기, 두 가지로 향했다. 이제는 새로운 길로 가볼 수도 있지 않을까? 페미니스트의 렌즈로 인형을 보되, 소녀들의 가능성이라는 영역을 확장하는 동시에 축소한, 복잡한 오브제로 이해하는 것이다. 나는 인형을 그저 갖고 노는 장난감이라고 여기는 견해에는 반대한다. 그보다는 인형을 계급, 인종, 미모, 역사, 명예, 자아감에 대한 메시지를 전달하고 내면화하는 도구로 보고자 한다.

이 책에서는 소녀 시절을 정의하는 인형에 대해 다각도로 탐색해보고자 한다. 인형이 무의식적으로 제시하고 있는 것들, 인형이 반영하는 인간의 열망들, 가장 놀이make-believe라는 무한한 공간에 강요된 유한함에 대해 이야기해보려고 한다.

놀이 일지 #1

　　당신은 손에 책을 들고 있다. 하지만 인형도 들고 있다면? 결국 내 원고는 종이로 이루어져 있고, 종이 인형을 만들 때 필요한 재료도 종이뿐이다.

　　종이에 얼굴과 몸을 그리기만 하면 짠! 당신만의 종이 인형이 탄생한다! 나는 일러스트레이터 제니 오디오에게 종이 인형을 그려달라고 부탁했다.

　　대부분의 종이 인형은 속옷 차림으로 시작한다. 옛날 만화책에서는 엑스레이 안경을 쓰고 여성을 보면 겉옷 안의 란제리가 보이는 장면들이 곧잘 나오곤 했다. 우리 손에 있는 인형은 언제나 거의 옷을 입지 않은 상태이며, 보통 이 상태는 욕망의 게임으로 초대한다. 옷을 마음대로 제거할 수 있을 때는 이 게임이 따라올 수밖에 없다.

1. 중요한 건 몸:

바비 인형

첫 번째, 너무나 당연하고 간단한 진실부터 이야기하고 시작하자. 바비의 몸은 순 가짜다.

추측건대 18인치일 허리와 17퍼센트의 체지방 덕분에, 바비는 여성에게 강요되는 비현실적이고 해로운 미적 기준을 상징하는 대표적 포스터 걸*로 남아 있다. 총알처럼 솟은 가슴, 한 뼘만한 히프, 젓가락 같은 허벅지. 바비는 플레이도 펀팩토리†에서 튀어나온 메이 웨스트Mae West‡와 같다.

* poster girl. 어떤 이미지를 상징적으로 보여주는 여성 인물이자 상징적 모델.

† 점토를 넣고 누르면 여러 가지 모양이 나오는 장난감.

‡ 미국의 배우 및 극작가, 섹스심벌로 초기 할리우드의 아이콘이었다.

바비의 몸을 둘러싼 담론들은 오래전부터 존재해왔다. 바비의 비현실적인 몸매를 이제야 발견한 것처럼 놀라는, 다소 호들갑스러운 반응은 심심할 만하면 미디어에서 반복되어온 단골 소재이다. 지난 몇 년 동안의 예 중 몇 개만 찾아보자. 2009년 〈포브스〉에 실린 바비 특집기사에서는 "정상적인" 여성의 몸과 그 여성의 몸을 포토샵으로 부자연스럽게 길게 늘려 바비 비율로 만든 사진을 비교해 올렸다.[1] 2013년 잡지 〈하이퍼알러직〉은 니콜라이 램의 "평범한 소녀" 바비 전시 기사를 냈다. 램은 3D프린터로 원래 바비보다 키가 작고 어깨가 넓은, 그러나 여전히 날씬한 인형을 만들어 일반 바비 옆에 놓고 비교하는 전시를 열었다.[2] 2019년 〈비즈니스 인사이더〉에서는 클래식 바비의 치수를 재고, 동영상으로 그와 비슷한 치수를 가진 여성을 만들었는데 끔찍한 결과가 나왔다.[3] 이러한 미디어 전시나 작품은 모두 같은 결론으로 이어진다. 바비는 부자연스럽다. 바비는 이 인형을 우상화하는 어린 소녀들에게 매우 위험할 수 있는 미적 기준을 제시한다.

이런 이유로 바비는 제2의 물결 페미니스트에게 비난의 화살을 맞았다. 전미여성기구NOW는 뉴욕 장난감 박람회에서 바비 반대 시위를 하기도 했다. 시위 전단지에는 다음의 문구가 적혀 있었다. "바비는 성차별적 이데올로기를 고정시켜 어린 소녀가 자기를 마네킹으로 보게 만든다."[4]

나도 십대 내내 제2의 물결 페미니스트와 같은 입장을 고수했다. 당시의 나는 라이엇 걸 운동에 눈을 뜬 상태였다. 라이엇 걸은 제3의 물결 페미니즘의 영향을 받은 언더그라운드 문화로, 비키니 킬과 브랫모빌이 선두 격 밴드로 활약했다. 이런 밴드의 펑크록 콘서트에 갈 때 나는 마치 유니폼처럼 베이비돌 드레스에 컴뱃 부츠를 신고 징이 박힌 가죽 목걸이를 했다. 이는 순응적인 여성성을 향해 내미는 가운뎃손가락이라 할 수 있었다. 내가 눈을 뜬 새로운 환경에서 바비는 모든 적절하고 명확한 이유로 나의 적이 되었다. 특히 라틴계 여성으로서 더 예민하게 적의를 느꼈는데, 나는 이 인형의 투명하고 흰 피부색과 길고 가느다란 팔다리를 갖지 못했기 때문이었다.

이런 면에서 나와 노선을 같이한 사람들은 아주 많았다. 그즈음에 나온 훌륭한 청소년 책『좋은 것, 나쁜 것, 그리고 바비』에서는 이 상징적인 인형과의 관계에 대한 여성과 소녀들의 글이 실렸다. 대체로 바비 인형과 낮은 자존감 사이의 상관관계를 드러내려는 시도가 엿보였다. "바비는 완벽한 몸을 갖고 있고, 모든 소녀들이 바비의 몸을 갖기 위해 노력한다. 모두 자기 사진의 모습으로

는 행복하지 않기 때문이다.” 한 필자는 이렇게 말했다.[5]

고등학교 때는 제일 친한 친구와 같이 만든 우리만의 잡지에, 내 버전의 바비 비판문을 싣기도 했다. 나는 바비가 왜 나 자신을 못나게 느끼게 하는지에 관한, 매우 민망한 시 한 편을 썼다. 나는 모델 커스티 흄의 흑백사진 옆에 나의 인형을 세워놓고 이렇게 타이핑했다.

오, 바비. 눈부신 바비 인형아.

나는 들려. 옷장 깊은 곳에서 네가 두 다리를 비비는 소리가

마치 벌레처럼.

그런데 혹시 너는 듣고 있니?

나의 분노 가득한 비명을?

시 전문을 소개할 필요는 없을 것 같다. 코트니 러브가 이제는 매우 유명해진 1990년대 록밴드 홀의 노래 〈돌 파츠Doll Parts〉에서 더 잘 썼으니까. 제3의 물결 페미니즘의 전성기에 발표된 이 곡에

서 코트니 러브는 노래한다. "나는 가졌지. 인형 눈, 인형 입, 인형 다리." 하지만 이렇게 어여쁜 오브제임에도 불구하고 그녀는 여전히 깨지고, 부서지고, 평가절하당하고dog bait, 상처받을 수밖에 없는 운명이다. 이 노래의 마지막 후렴구에서 러브는 "언젠가 너도 나처럼 아프게 될 거야"라고 부르짖는다.[6] 이 싱글이 실린 앨범 커버는 바비의 결혼식 놀이 세트 사진이다. 한가운데 바비 인형이 입을 작은 레이스 드레스가 놓여 있고 그 주변으로 흰색 뾰족구두, 결혼식 베일, 작은 비둘기, 손톱보다 작을 듯한 파란색 가터벨트가 있다.

러브는 〈돌 파츠〉가 커트 코베인과 연애하기 시작할 때 그가 보낸 낭만적 관심에 대한 불안을 노래한 것이라 밝힌 바 있다. 하지만 가사는 조금 더 보편적으로 해석할 수 있는데, 매일 일상적으로 여성이 느끼는 루키즘에 대해서 말한다고 볼 수 있다. 여자는 인형 같은 외모로 보여야 한다는 압박감을 느끼지만, 그것을 강요한 사회가 당신을 "가짜"이자 대체 가능한 존재로 본다는 사실 또한 이해하고, 마지막에 분노를 터뜨리게 된다.

이 가사에 급진적이라고 할 수 있는 정치적 함의가 담겨 있을 수는 있다. 그러나 러브는 한 가지 중요한 행동으로 그 정치성을 약화해버리는데, 바로 본인이 바비의 미학에 집착하고 있다는 점이다. 〈돌 파츠〉의 뮤직비디오에서 카메라는 코트니 러브의 마르고 긴 몸과 기다란 팔다리와 창백할 정도로 흰 피부와 탈색한 금발머리와 체리색 입술과 러플 달린 미니드레스를 끊임없이 비춘다. 그녀는 냉소적인 가사와 반항적인 헤비메탈로 바비 인형의 미적 기준에 도전하고 있는 것처럼 보이지만, 실은 그 기준을 적극적으로 끌어안고 있다.[7] 밴드 홀의 리드싱어인 이 여성은 최근 인터뷰 중에 성형 시술과 다이어트 요령에 관해 열을 올려 말하기도 했다.[8][9]

사실 러브는 전통적으로 매력적인 외모 덕분에, 자신의 노래를 대중에게 알릴 수 있는 특권을 얻었다. 여기서 전달되는 메시지는 "나는 매력적이고 그 매력이 나의 가치가 되기 때문에 공적인 목소리를 얻을 자격이 있어"이다. 다른 말로 하면, 바비의 기준에 충족하는 여성만이 그 기준을 비판할 수 있다. 나의 목소리를 들리게 만들기 위해서는 시스템이 인정하는 방식 안에서 기능할 수 있어야 한다.

이러한 이중잣대는, 바비의 눈부신 성취라는 예쁘고 먹음직스러운 사과에 든 멍 같은 느낌이다. 바비의 지지자들은 바비가 표방하는 무한한 가능성을 들고나온다. 바비는 어린 소녀들이 될 수 있는 모든 것에 대한 실례實例다. 유리천장도 얼마든지 깰 수 있고, 눈앞의 현실을 뛰어넘어 저 높은 곳에 닿을 수도 있다(여자 대통령 바비도 있다). 스톤의 책에서 한 팬이 말했다. "나는 바비에게 비즈니스 정장을 입히는 게 참 좋았다. 나의 바비는 항상 모자를 쓰고 서류가방을 들고 어디론가 가고 있었다. 현재 나는 데커레이터로 일하는데, 아주 어렸을 때 바비에게 옷을 맞춰 입힌 경험이 결국 이 직업으로 이끈 것이라 확신한다."[10]

또한 바비는 당신에게 완벽한 이성의 로맨틱 파트너, 당신과 관심사를 공유하고 취향이 일치하는 연인이 멀지 않은 곳에 기다리고 있다고 말하기도 한다. 라인댄스를 좋아하는가? 요리를 즐기는가? '귀걸이 매직'*을 사랑하는가? 그에 부응하는 켄이 언제나 대기중이다. 바비의 세계에서는 바비가 지배하고 켄은 순종한다. 자신의 의무에 충실한, 들러리라도 만족하는, '안구 정화용' 왕자님이 내 팔짱을 끼고 있다. 같은 세기에 여성이

---

* 1992년 출시된 바비 인형으로, 1993년에는 이에 맞춰 패션에 관심이 많은 '귀걸이 매직 켄'도 출시되었다.

접하는 다른 미디어에서는 뭐라고 말했을까? 여성인 당신이 파트너의 취미와 관심사에 맞춰주어야 한다고, 그 사람의 경험을 대화의 중심으로 삼아야 한다고, 그래야 성공적인 관계를 이룰 수 있다고 주장해왔다. (잡지 〈세븐틴〉의 '남자에게 인기 많은 여자가 되는 기본 가이드'는 조언한다. "남자 사람 친구들과 어울릴 때는 그들이 하는 말, 그들이 관심 있는 분야에 최대한 관심을 기울여라." "당신이 남자들의 세계 안에서 완전히 편안해져야 당신이 좋아하는 귀여운 남자 앞에서도 당신 모습이 될 수 있다."[111]) 그런 면에서 바비는 이러한 조언의 반대편에 서 있다고 할 수 있다.

이 모든 선택의 자유에 대한 약속에는 한 가지 조건이 깔려 있다: 여자들이여, 니르바나에 닿기 위해서는 바비의 과장된 모래시계 몸매라는 열쇠구멍을 통과해야만 한다. 무한한 직업과 완벽한 연인을 줄 세워놓고 마음대로 고를 수 있는 사람은 누구인가. 젊고 늘씬하고 금발에 비장애인이며 모델처럼 아름다운 여자말고 누가 있겠는가?

이 약속의 땅, 즉 무한한 커리어 가능성과 연애에 대한 환상 때문에, 바비의 비현실적인 비율에도 불구하고 적지 않은 여성들이 바비의 몸을 자신이 닮고 싶은 몸의 청사진으로 본 것이다. 지난 60여 년 동안 많은 여성들이 목표를 달성하고자 해온 일들을 생각해보자. 미용성형, 초인적인 다이어트, 스프레이 태닝, 메이크업 등이 있다. 미디어에 의해 "인간 바비"라는 별칭이 붙은 이들은 대표적으로 영국의 레이철 에번스와 미국의 내넷 해먼이다.[12][13] 이 여성들은 육체적으로도 재정적으로도 성형수술에 자신의 모든 것을 바쳤으며, 이들의 모습과 인생은 1997년에 나온 아쿠아의 노래 〈바비 걸〉을 상기시킨다. ("라이프 인 플라스틱. 잇츠 판타스틱!"[14])

최근 바비의 도플갱어라는 타이틀을 받은 여성

은 우크라이나의 모델 발레리아 루키아노바로 인형과 꼭 닮은 그녀의 외모를 구구절절 설명하는 글이 〈GQ〉의 특집기사로 실렸다. "실물로 보았을 때도 발레리아는 바비와 거의 흡사해 보였다. 그녀는 모든 것을 줄이고 있지만 유일하게 줄이지 않은 것은 운동과 다이어트다." 마이클 아이도브는 쓴다. "그녀에게 미모라는 단어를 쓰기도 조심스럽지만, 그녀의 미모는 남성들의 시선이 머무는 곳 중에서도 가장 높은 곳에 위치한다. 그녀의 이목구비와 몸매는 우리 남자들이 장난으로 이상적인 여성을 묘사할 때의 외모와 일치한다… 다만 우리 남자들도 억압적인 환상이 이렇게까지 완벽하게 들어맞기를 기대하지는 않았다."[15]

바비는 신체적인 완벽함만을 모델로 하지는 않

는다. 그녀는 신체적 불만족을 나타내는 모델이기도 하다. 무수한 비판과 논쟁에 휩싸였던 슬립오버 바비를 떠올려보자. 이 바비 인형은 작은 체중계 하나를 들고 등장하는데, 마치 젊은 여성들이 모여서 할 수 있는 가장 중요한 일이 체중 관리라고 말하는 것만 같다. 더 큰 논란을 부른 것은 이 바비가 들고 있는 다른 액세서리인 책이다. 미니어처 책 제목은 '체중을 줄이는 법'으로 이 책의 유일한 조언은 "먹지 마라"다. (이 책은 '베이비시팅 바비'에도 등장한다.)

결론: 바비는 가부장제의 부정적인 상징과 동격이라 할 수 있다. 하지만 바비 안에는 우리가 알아야 할 또다른 진실도 있는데, 이 진실은 내가 십대 시절 바비를 향해 터뜨린 분노 이전에 왔다. 그 진실을 떠올리려면 나의 아동기와 바비의 초창기로 돌아가야 한다.

내가 처음 바비를 만난 건 토요일 아침 TV에서 연달아 방영해주던 만화 시리즈를 보면서였다. 바비 광고는 〈머펫 베이비스〉와 〈바다요정 스노크

Snorks〉 사이에 나왔는데, 마치 내 소녀 시절의 시작에 건네는 환영 인사 같았다. 바비 광고는 귀에 쏙 들어오는 멜로디에 다음의 가사가 붙어 있었다. "우리 소녀들은 뭐든지 할 수 있지!"[16] 바비는 실로 다양한 직업을 갖고 있었고—우주비행사! 내과의사! 요리사! 캐나다산맥 정복!—이 주제가는 바비에게 딱 들어맞는 것 같았다. 하지만 지금의 나는 바비의 과거를 알고 있기에, 바비의 모든 직업들이 경력 세탁으로만 보일 뿐이다. 사실 바비의 원래 직업은 세상에서 가장 오래되었다는 바로 그 직업이었다.

바비는 처음부터 인형으로 태어난 것이 아니다. 1952년 독일 타블로이드 〈빌트차이퉁〉에 실린 〈빌트 릴리〉라는 만화의 주인공으로 처음 세상에 등장했다. 독일 전후 시대였고, 릴리는 자신의 출중한 몸매와 위트 있는 말솜씨를 이용하여 남자에 기대 하루하루 살아가는 에스코트*였다. 이 네 컷 만화에서 바비는 주로 수영복이나 속옷만 입고 몇 개 되지 않는 대사 중 하나를 앵무새처럼 반복한다. 어떤 유명한 컷에서 릴리는 비키니를 입고 외설적인 행동을 하며 경찰에게 말한다. "오, 경찰관 나리. 고견이 필요해요. 이중에 어떤 걸 먼저 벗을까요?" 또다른 컷에서 릴리는 신문 몇 장으로 헐벗은 몸을 간신히 감싸고 친구에게 상황을 설명한다. "남자친구랑 싸웠는데, 그 녀석이 나한테 준 선물을 다 가져갔지 뭐야."

얼마 가지 않아 릴리는 신문 안에서나 밖에서나 남자들의 인기 스타가 되었다. 독일 남자들은 릴리의 커다란 아몬드 모양의 눈과 금발머리, 벽안과 지나칠 정도로 육감적인 모래시계형 몸매, 무엇이든 할 수 있다는 듯한 거침없고 자신만만한

---

* escort. 모임, 행사 등에 동반해주는 여성 서비스를 뜻하며, 맥락에 따라 성매매와 연관되어 쓰인다.

태도를 사랑했다. 이에 1955년 빌트 릴리 인형이 출시됐으나, 장난감 시장으로 진출하지는 못했다. 그보다 이 인형은 담배 가게나 주류 상점에 진열돼 성인 팬들에게 팔렸다. 스타일적인 면에서나 마케팅 면에서나 빌트 릴리는 아이들이 갖고 노는 장난감이라기보다는, 어른들의 고무 섹스 인형과 유사점이 더 많았다. 릴리는 총각 파티에서 가장 인기 많은 선물이었다. 주머니에 넣을 수 있는 사이즈에, 남자들이 쉽고 간단하게 옷을 벗길 수 있었기 때문이다. 상자에는 만화 속 캐릭터 릴리가 담배 연기를 내뿜고 있는 장면이 그려져 있다. 릴리의 풍만한 가슴은 거의 배꼽까지 파인 흰색 미니드레스 밖으로, 말 그대로 떨어질 것 같다.

빌트 릴리의 이야기는 이즈음에서 끝날 수도 있

었다. 투명 펜 안에 벗은 여자 그림이 들어가 있는 "네이키드 레이디 볼펜"이나 헐벗은 머드플랩 여성* 사이 어딘가에 위치한 페티시 오브제 정도로 남았을 수도 있다. 하지만 릴리는 할리우드의 수많은 스타들처럼 누군가에 의해 '발굴'되었다. 마텔사의 창립자 루스 핸들러는 유럽 여행을 하던 중 릴리를 보자마자 섬광 같은 아이디어가 떠올랐다. 여자아이들이 이 인형으로 옷 입히기 놀이를 할 수 있겠구나! 그녀에게 이 릴리 인형은 종이 인형의 입체 버전으로 보였다. 마침 제2차세계대전으로 플라스틱 산업이 붐이었고, 이는 저렴한 재료가 준비되어 있다는 뜻이었다.

미국으로 온 릴리는 이름도 바뀌고 주요 고객도 바뀌었지만, 그 외의 요소는 그다지 크게 바뀌지 않았다. 1959년 봄 처음으로 바비가 장난감 상점 진열장에 올라갔을 때 바비의 총알 가슴, 잘록한

* 모래시계 모양의 몸매를 가진 여성이 앉아 손을 얹고 머리카락을 바람에 날리는 실루엣으로, 1970년대에 만들어진 이미지를 말한다.

허리, 긴 다리, 금발머리, 아치 모양 눈썹, 치켜올라간 눈은 모두 순수하게 릴리를 원형으로 하고 있었다. 다시 말해서 섹스어필로 도배되어 있었다고 할 수 있다. 최초의 바비인 수영복을 입고 선글라스를 쓴 바비 인형은 배우 베티 그레이블* 스타일의 핀업 걸 같았다. 핸들러가 예상한 바로는 바비의 하이힐 신은 발이 장난감 세계의 틈새시장으로 곧장 뛰어올라갈 것이 분명했다. 그 당시 장난감 매장은 엄마 놀이를 할 수 있게 하는 아기 인형들의 바다라 할 수 있었다. 바비가 등장하며 어린 소녀들이 갖고 놀 수 있는 완전히 다른 존재, 요부 vamp가 생겼다.

오늘날 바비는 자신의 원류와는 상당히 거리를 두고 있는 것으로 보인다. 다양한 직업과 정체성을 통해 걸 파워라는 만트라 쪽으로 완전히 이동한 것이다. 최근 출시된 바비에 붙은 문구인 "너는 뭐든지 될 수 있어"는 어린 시절 내 주변에서 항상 들려오던 주제가 같다. 예전에는 안 보였으나 이제 내 눈에 보이는 것들이 있다. 이 자존감 넘치는 당당한 슈퍼우먼 페르소나 뒤에는 한때 그녀였던, 부끄러운 줄 모르고 경제적으로 타인에게 의존하는 에스코트가 보인다. 결국 바비는 아직까지도 자신의 고지서에 찍힌 금액을 내줄 누군가가 필요하다. 그녀의 새로운 슈가 대디는 누구일까? 어린이들이다. 디자이너 옷, 스포츠카 등등을 열심히 사주는 어린이들. 고객층은 변했을지 몰라도 게임은 그대로다. 여성성은 여전히 판매대 위에 올라가 있다.

토요일 아침 만화에 흠뻑 빠져 있던 그 시절의 내가 이러한 배경지식을 가지고 있을 리는 없었다. 나는 화려한 물건들에 둘러싸인 바비를 소비

* 1940년대 할리우드 배우이자 댄서로, 제2차세계대전 당시 가장 많이 배포된 핀업 이미지였다.

하면서 바비에게 익숙한 라이프스타일을 누리게 해주고 싶었다. 내가 받고 싶은 생일선물 목록에는 반짝이 라메 드레스, 드림 하우스, 바비의 핑크색 자동차인 핑크 콜벳, 빗을 수 있는 갈기가 달린 말 등이 들어 있었다. 1992년에 출시된 말하는 인형 '틴 토크 바비'는 여론의 뭇매를 맞았는데 "수학은 어려워"라는 바비의 대사 때문이었다. 여학생들이 수학과 과학 분야에 약하다는 고정관념을 심어주어, 잠재적으로 그 분야 진출을 막을 수도 있다는 의견이 나왔다. 하지만 나는 그보다 바비의 "나는 쇼핑이 좋아!"라든가 "우리에게 과연 충분한 옷이란 있을 수가 있을까" 같은 대사에 더 많은 위험 요소가 담겨 있다고 생각했다.

물질주의는 바비를 상품성 있게 만든, 바비를

한마디로 표현할 수 있는 가장 대표적인 특징이었다. 성적인 해방은 아니었다. 그러나 나는 공단 드레스와 비즈니스 정장 아래 숨겨진 릴리를 가끔 알아볼 수 있었다. 릴리는 바비라는 껍데기 안에 살고 있는 유령이었다. 나는 바비에게 다양한 옷을 갈아입히며 놀기도 했지만, 내가 즐기던 또다른 "바비 놀이"는 자유로운 성적 탐험이라 설명할 수 있는 놀이였다. 켄은 한참 후에야 내 인형 수집품에 추가되었지만 켄이 없어도 상관없었다. 내 바비는 우리집에 있는 동물 인형들과 뜨거운 연애 놀음을 벌였다. 엄마는 아직도 내가 바비들에게 불가능한 섹스 포지션을 만들곤 했던 것을 이야기해주며 배꼽을 잡고 웃는다. 내가 바비를 거꾸로 세워둔 다음 다리를 체조선수처럼 일자로 벌리고 그 위에 다른 인형을, 플라스틱 팔다리로 젠가를 하듯 올려놓았던 것이다.

나는 그 동작이 무엇을 의미하는지는 정확히 몰랐지만, 인형이란 이런 놀이를 하기 위해 만들어진 것이라고 확신했다.

나는 가톨릭 가정에서 얌전하게 자란 소녀였

고, 바비는 나의 출구이자 나만의 판타지를 실행시키는 방법이기도 했다. "슬럿 셰이밍"이라는 말이 흔한 용어가 되기 몇 년 전이었다. 인형들 또한 여성들처럼 일상적으로 성모 마리아/창녀, 둘 중 하나로 나뉘어 있었다. 엄마 놀이를 권장하는 아기 인형들은 전자였고, 바비와 브라츠의 후손은 후자에 속하는 얼마 안 되는 인형이었다. 바비는 하나의 놀이로 내가 성인의 성애를 안전하게 시도할 수 있게 해주었다. 물론 바비의 세계는 이성애적 정상성이 지배하고 있었지만—바비의 곁은 항상 켄이 지키고 있다—바비는 소녀들에게 자신을 성적으로 강한 여성, 그들을 귀하게 여기는 파트너가 있는 여성으로 상상하게 만들었고, 바로 그것이 내가 나만의 게임에서 탐험하고자 하는 테마였다.

바비를 이런 방식으로 접근한 사람이 나 혼자뿐만은 아니었다. 스톤의 책은 성적 탐험 놀이에 끌렸던 소녀들에 대해서도 기록한다. 한 소녀가 말하길 자신이 가장 좋아하는 게임은 "알몸 식민지에 사는 바비"였다고 한다. 다른 여성은 자신의 바비 놀이 시간을 이렇게 회상했다. "바비를 어떻게 가지고 놀았냐고요? 일단 옷을 모두 벗긴 다음에 사랑을 찾으러 가라고 보냈어요. 내 바비는 이리저리 돌아다니며 즐겼죠."[17] 작가 트레이시 이건 모리시는〈제저벨〉에 같은 종류의 바비 놀이에 대해 쓰면서 다음과 같은 제목을 붙였다. "우리는 어린 시절 모두가 바비를 갖고 야한 짓들을 했다." 독자들 또한 다음과 같은 주제의 바비 놀이를 했다고 고백했다. "플레이보이 버니 바비/스트리퍼 바비/집세를 내기 위해 돈 받고 하룻밤 자는 바비."[18]

하지만 릴리가 진화하며 바비만 된 것은 아니었다. 릴리의 길은 두 갈래로 갈라졌다. 한쪽에서 릴리는 어린이 장난감이 되었지만, 다른 길로 가면서 성적인 장난감이 되기도 했다. 앤서니 퍼거슨은 책 『섹스 인형: 역사』에서 빌트 릴리가 섹스 인형이라는 새로운 자위 기구 시장의 원조였다고 지적한다. 물론 100년 전에도 섹스 인형은 존재했었다(선원들은 배에 탈 때 가져가는 자위 기구를 "항해용 부인dames de voyage"이라 부르기도 했다). 하지만 퍼거슨은 이러한 인형들이 대량생산되면서 국제 시장으로 진출하는 데 릴리가 중요한 상업적 발판이 되었다고 믿는다. 섹스 인형 시장에는 싸구려 고무 인형부터 내부에 바이브레이터 기능이나 윤활 처리된 구조를 갖춘 고급 실리콘 모델까지 다양한 모델이 포함된다.[19]

바비의 소유권이 젊은 여성에게서 이성애자 남성의 손으로 넘겨졌을 때 무슨 일이 일어날까? 바비가 가지고 있는 중요한 정체성 중 하나가 사라진다. 바비는 내가 탐험하는 자아가 아니라 누군가가 조종하는 대상화된 "타자"가 된다. 그러면서 남성과 여성 간 성적 권력의 역학관계가 고정되는 결과가 나타난다. 일부 남성에게는 "이상화된 여성은 인형과 동급"이라는 등식이 뒤집힌다. 이제 섹스 인형이 이상화된 여성과 동급이 된다. 〈애틀랜틱〉에 실린 글에서 고급 섹스 인형 브랜드 시도르에 열광하는 한 마니아가 말했다. "시도르, 혹은 그 목적으로 구입한 어떤 인형도 나에게 단순한 물건에 불과했던 적은 없다." 그는 자신이 갖고 있는 프리미엄 모델을 아내라고 부른다.[20]

만약 이런 인형이 그저 인형이 아니라 인간 같은 존재로 보인다면 다음과 같은 질문이 생길 수 있다. 정말로 인간 같은 존재라면, 과연 그녀가 본인의 욕구에 대한 배려는 전혀 받지 못한 채 평생 동안 침묵하면서, 수동적으로, 오직 성적인 도구로 살아갈 수 있겠는가? 겉모습은 평온해 보인다고 해도 그 아래 들끓는 분노가 없을까? 이런 공포, 즉 움직이는 인형이 인간에게 복수를 시작할

지도 모른다는 두려움은 공상과학영화 〈엑스 마키나〉에서 다룬 바 있다.[21] 프로그래머인 칼렙은 외딴 저택으로 초대되어 매혹적인 인공지능 여자 로봇 에이바를 만난다. 그는 자신이 이 로봇의 튜링테스트, 즉 에이바가 얼마나 인간과 유사한가를 실험하는 임무를 맡았다고 생각한다. 자신을 창조한 과학자의 감시 아래 폐쇄된 생활을 하고 있었던 에이바는, 칼렙 앞에서 가발을 쓰고 여성스러운 스웨터를 입고 인간처럼 외모를 꾸며 그를 유혹하려 한다. 에이바와 창조자 사이에는 성적인 학대가 암시되어 있기도 하다. 결국 에이바는 칼렙의 마음을 사로잡고 그는 로봇을 탈출시켜주지만, 에이바는 복수를 시작한다.

에이바 같은 아이디어가 전형적인 할리우드 영

　　　　　　　　　　　　　　　　　　인형

화 스토리처럼 들릴 수도 있다. 하지만 실제로 우리는 로봇 인형이 점점 더 인간과 더 가까워지는 시대로 가고 있다. 사업가 마틴 로스블랫은 세상을 먼저 떠난 아내 비나 애스펀을 모델로 비나48을 제작했다. 비나48은 애스펀의 기억과 경험으로 창조된 인공지능으로 64개나 되는 표정을 지을 수 있고, 안면 인식 소프트웨어가 장착되어 자주 보는 사람들을 구분할 수도 있다. 놀랍게도 비나48의 몸은 없다. 탁자 위에 올려져 있는 머리와 어깨만 있는 흉상이다.

〈더 빌리버〉 기사에서 에이미 커즈와일은 비나48과 비나48의 책임연구자 브루스 덩컨을 만난다. 인터뷰 중 덩컨은 비나48 발표회의 질문 시간에 한 남자가 이렇게 말해서 실망했다고 밝혔다. "그런데 저 로봇의 브래지어 사이즈는 어떻게 되나요?" 반면 여성인 커즈와일에게 이 질문은 그리 충격적이지 않았다. "어떤 이들은 여성 로봇을 보면서 '인간성이 제거된 여성'이라는 환상을 갖기도 하니까요." 덩컨은 에이미의 말에 동의하며 지적했다. "우리는 AI로 고해상도 거울을 만들고 있다고 할 수 있어요. 해상도가 높아질수록 우리가 어떤 인간인지 볼 수 있게 되고, 그렇게 되면 혼란에 빠질 수 있습니다." 두 사람은 비나48에게 신체를 부여할 때 어떤 복잡한 문제가 생길 수 있는지도 논의했다. 커즈와일은 질문한다. "사람들이 비나48을 대할 때 이 사회의 인종차별과 여성혐오가 깔린 방식으로 대하는 걸 보게 될지도 몰라요. 흑인 여성인 비나에게 몸까지 준다면 문제가 너무나 복잡해지지 않을까요?"[22]

비나48에게 인종이 중요한 요소로 작용한다는 것은, 비나가 제공하는 고해상도 거울이 인종주의를 투명하게 비추고 있다는 뜻이기도 하다. 사람들은 자신이 인종을 바라보는 방식으로 비나48을 바라본다. 덩컨은 비나48에 대한 강연을 갔을 때 네 명의 여성이 그에게 이런 질문을 하여 깜짝 놀랐다고 한다. "그 여자분을 일부러 화난 흑인 여성처럼 보이게 만드신 건가요?"

다른 사람이 우리 몸을 읽을 때, 그들은 우리 몸을 그저 매력이나 성적 매력이라는 지표를 사용해서만 읽으려 하지 않는다. 신체적으로 다양한 변수들이 모여 우리라는 사람이 되는데, 우리를 이루는 수많은 신체적 요소들이 인종을 나타내는 지표로 사용되곤 한다. 타네히시 코츠는 〈애틀랜틱〉에 썼다. "실제적으로 인종에 대한 일관되고 고정된 정의는 존재하지 않는다 (…) 어떤 특징을 가져야 '백인'이 되고, 어떤 외모가 '흑인'이라 할 수 있는지에 대한 우리의 개념은 사회적 합의의 산물이다."[23] 역사적으로는 시대에 따라, 공간적으로는 지역에 따라서 인종의 정의는 변해왔고, 대체로는 부유한 지배층의 취향과 기준에 맞게 변화했다고 할 수 있다.

그럼에도 인간은 계속해서 인종을 구분하기 위해 피부색, 눈동자의 색, 머릿결, 이목구비의 넓이나 길이 등을 기준으로 삼으려 한다. 장난감의 경우에는 신체적 특징이 전부이기 때문에, 이 신체적 특징들이 더욱 결정적으로 느껴질 수밖에 없다.

미국에서 출시된 최초의 바비는 독일의 원조 캐릭터와 크게 달라지지 않았으므로, 자연스럽게 유럽을 중심으로 한 아리아인의 미적 기준을 충실히 따르고 있다. 백인이 아닌 바비가 처음 등장한 건 대략 10년 후인 1967년으로 이때 컬러드 프랜시가 출시되었다(이즈음 출시된 흑인 인형인 프랜시, 크리스티, 카라, 줄리아는 사이드킥*이었고 정식 흑인 바비가 출시되기까지는 1980년대까지 기다려야 했다). 마텔사는 프랜시를 제작할 때, 기존의 얼굴형에 플라스틱의 색깔만 바꾸었다. 프랜시에게는 여전히 백인 캐릭터와 같은, 단추처럼 작은 코와 찰랑거리는 긴 생머리를 주었다. 기본적으로 마텔사는 같은 생산 라인에 다른 색 물감만 넣었다고 할 수 있다. 이 안에 담긴 함의는 너무 명백하다. 유색인종 여성이 백인 여성과 같은 수준의 가시성과 성공을 거두기 위해서는, 백인 여성의 얼굴 생김새라는 틀에 맞아야만 한다는 것이다.

아시아계 바비를 제작할 때도 비슷한 결함이 있었다. 1981년이 되어서야 마텔사는 첫번째 아시아계 바비를 출시했는데, 이름은 오리엔탈 바비였다. 그래도 이 인형에게는 새로운 얼굴형과 이목구비를 주었으니 보다 정확한 재현을 향해 한걸음 더 나아간 셈이다. 하지만 켈리 캐설리스가〈보스턴 글로브〉에 기고한 것처럼 "오리엔탈 바비는 아시아 문화에 관한 것이라면 무엇이든 아무렇게나 쑤셔넣은 주머니"였다. 부채와 붉은색과 황금색의 드레스에는 "오리엔탈리즘의 흔적"이 나타난다고 볼 수 있었다.[24]

* 조수(sidekick). 슈퍼히어로 장르에서 자주 쓰이는 용어인데, 주인공의 동료로 조연이지만 가까이 붙어 다니며 도움을 많이 주는 캐릭터를 말한다.

잇따라 다른 아시아계 인형들도 출시되었다. 한국인, 일본인, 말레이시아인 바비 등등은 전 세계 컬렉션에 추가되는 새로운 인형들이었다. 이 모델들은 대표성을 확장했다고 할 수 있었지만, 여전히 고개를 갸우뚱하게 만들었다. 제작자가 의도한 타깃 고객은 누구였을까? 이 아시아계 인형들은 모두 전통의상을 입었고(일본인 인형은 기모노, 한국인 인형은 한복을 입었다) 1980년대 미국의 전형적인 십대를 묘사한다기보다는 동양의 이국적인 느낌을 강조하고 있었다. 인형의 포장에도 각 인형의 출신 국가에 대한 설명이 붙어 있었다. "한국은 토끼 모양의 나라로 북한과 남한으로 분리되어 있습니다." 이는 한국인 바비 인형 상자에 적힌 설명으로, 아마 한국계 미국인 소녀가 봤다면 '어쩌라고'라고 반응하며 고개를 저을 문구라 하겠다. 제작 단계부터 아시아계 소비자들을 의식했다기보다는, 캐설리스의 표현대로 백인 소비자들에게 "문화 사파리"를 제공하려는 목적이었던 듯하다. 1980년대의 유행이었던 흐름, 즉 노래 〈위 아 더 월드〉부터 유나이티드 컬러스 오브 베네통 광고에 이르는 글로벌리즘에 편승했다고도 볼 수 있을 것이다.

이런 문제에도 불구하고 나는 1998년에 출시된 칠레인 바비에 깊은 감명을 받았는데, 이 인형에서 나의 라틴계 뿌리를 발견할 수 있어서였다. 누구인지는 모르겠지만 마텔사의 담당 직원은 자기가 하는 일을 잘 아는 것이 분명했다. 이 인형이 착용한, 칠레 전통춤 쿠에카Cueca를 출 때 입는 우아소huaso 의상과 하얀 스카프를 뜯어보면서 이 정도면 충분히 정교하다고 생각했다. 라틴계 소녀치고는 피부가 흰 편이었지만 나 역시 그런 편이었다. 칠레 문화는 여전히 미국에서는 대체로 생소했고 "국경 남쪽에 위치한 나라"라는 뭉뚱그려진 페르소나에 속해 있었다. 같은 반 친구들에게 내

성장과정의 모든 순간에 피냐타와 부리토가 존재
했던 건 아니라는 설명을 덧붙여야 할 때도 많았
다. 하지만 바비 본사의 디자이너들은 일을 제대
로 해냈다. 나만 이 칠레인 인형의 팬이 아니었다.
엄마도 이 인형을 사서 엄마 집 서재에 전시해두
었다. 엄마는 타깃 고객보다 오십 살은 더 많았지
만 그 안에서 자신의 모습을 본 것이다.

그러나 마텔사가 지구본을 굴리며 바비의 국적
을 하나씩 추가했다 해도—나이지리아! 폴리네
시아! 푸에르토리코!—"표준" 바비가 게르만계
금발 백인이라는 사실에는 변함이 없었다. 다른
모든 바비는 특정 형용사가 붙어야만 바비가 될
자격이 생겼다. 블랙 바비, 아시아계 바비, 멕시코
인 바비 등이다. 이는 아프리카계 미국인이라는

용어에 대해 토니 모리슨이 했던 유명한 말을 떠올리게 한다. "이 나라에서 미국인은 백인을 의미하며, 그 외 모든 사람은 그 앞에 하이픈으로 다른 단어가 연결되어야 한다."

이 글로벌 바비도 상자를 한번 연 다음에는 커다란 공백 속으로 들어가야만 한다. 백인 바비와 달리, 이들을 위한 세상이 따로 마련되어 있지 않기 때문이다. 말레이시아인 바비를 살 수는 있지만 짝을 이룰 말레이시아인 켄은 존재하지 않는다. 말레이시아인 바비를 살 때 입혀져 있던 바틱Batik 의상을 벗기고 나면, 옷장에 갈아입힐 수 있는 다른 말레이시아 의상은 없다. 여느 이민자와 마찬가지로 이 바비는 백인 세상에 편입되고 동화되어야 한다. 즉 백인 바비의 집으로 이사하고, 백인 바비의 옷을 입고, 백인 켄과 데이트를 해야 한다.

백인 바비는 여전히 기본 바비로 남아 있는데 한 번도 주연배우의 자리에서 벗어난 적이 없기 때문이다. 코아 벡은 『백인 페미니즘』에서 "권력을 양도한다는 것은 단순히 흑인과 갈색 피부의 사람들을 당신의 모임에 초대하고 환영하는 일을 의미하지 않는다. 본질적으로 무언가를 내려놓아야 한다는 뜻이기도 하다”라고 설명했다.[25] 바비의 용어로 하면 밴드 ‘바비 앤드 로커스’*에 “다양한 출신의” 멤버들을 초대하는 것만으로는 충분하지 않다는 의미이다. 진정 반인종주의를 표방하는 장난감으로 거듭나려면, 백인 바비가 리드보컬 자리에서 물러나고 흑인 바비에게 마이크를 넘겨주어야 한다.

그러나 유럽 중심의 백인 바비가 지배한 시간과 영향력을 생각해보면 판을 뒤집기란 정말이지 쉽지 않아 보인다. 니키 미나즈 한 명만 떠올려도 바로 이해할 수 있을 것이다. 이 래퍼는 자신을 새로운 바비로 만들고자, 바비의 레퍼런스를 모두 가져와 자신만의 바비 어휘를 구축했다. 그리고 미나즈는 자신의 육체적 미학을—육감적인 몸매와 알록달록한 액세서리와 속눈썹이 파닥이는, 인형처럼 커다란 눈—자신의 분신인 하라주쿠 바비에 모두 담았다. 노래에서도 자신의 별명으로 바비를 여러 번 등장시켰다—〈바비 드림스Barbie Dreams〉, 〈바비 팅즈Barbie Tingz〉. 그녀의 사인 문구에도 있다—"이건 바비야It's Barbie, bitch". 팬클럽 이름도 바비다—"바비스Barbies" 혹은 "바브즈Barbz". 2011년 마텔사는 자선 경매에서 세상에 하나뿐인 미나즈 바비 인형을 내놓아, 이 래퍼와 바비의 관계를 공고하게 만들었다. 미나즈는 MTV에서 말했다. "이제 바비라고 해도 사람들 머릿속에 더이상 금발머리의 작은 플라스틱 인형이 떠오르지 않았으면 좋겠어요. 우리가 우리 자신을 정의할 수 있어야 하지 않을까요?"[26]

미나즈는 "바비"라는 명사에서 금발의 백인 인형 이미지를 떼어놓고 그 안에 자신의 이미지를 넣기 위해 엄청난 노력을 기울였다. 그럼에도 불

* 1986년 출시된 바비 라인.

구하고 지금 이 순간 구글에 바비라는 단어를 검색했을 때 나오는 이미지를 보면 바로 현실을 확인할 수 있다. 아무리 여러 장을 넘겨봐도 얼어붙은 미소를 짓고 있는 백인 인형들만 수백수천 개 등장한다. 마치 똑같은 흰색 얼굴 아이콘이 무한대로 반복되는 거울의 집 같다. 가수 미나즈든, 미나즈 바비 인형이든 바비로 검색되는 이미지 어디에서도 그녀를 찾을 수 없다.

정확히 이 인종적인 맹점 때문에 바비는 경쟁에서 조금씩 밀려났고, 그즈음 바비의 아성에 도전하는 강력한 라이벌이 나타났다. 마텔의 또 다른 딸, 브라츠다.

오를리 로벨의 책 『나는 당신 소유가 아니다』에 따르면, 브라츠 인형은 마텔사의 직원이었던 카터 브라이언트의 아이디어로 탄생했다. 1998년 그는 아프로디테를 테마로 한 미모의 여신 바비 같은 프로젝트에 지쳐 있는 상태에서 휴가를 떠났다. 그곳에서 그는 신선한 젊음의 에너지가 넘치는 십대들을 발견하고 이들을 보며 디자인을 스케치했는데, 한마디로 안티 바비라 할 수 있었다. 이 인형은 체형 또한 다소 왜곡되어 있는데, 얼굴은 상대적으로 크고 몸은 작은 가분수 체형이다. 이목구비도 과장되어 있어, 양옆으로 올라간 커다란 고양이 눈에 입술은 많이 도톰한 편이다. 옷은 완전한 스트리트패션으로 배기진에 크롭톱을 입고 비니를 썼다. 처음에 브라이언트는 브라츠를 다인종 인형 사중주—흑인, 백인, 아시아인, 라틴계 사람—로 만들어보려고 했다. 하지만 바비의 유니버스에서처럼 백인 인형을 센터로 두거나, 브라츠라는 이름이 백인을 상징하지는 않았다. 백인 인형은 네 명의 친구들 중 한 명일 뿐이었다.[27]

이후 브라이언트가 이 아이디어를 마텔의 경쟁사인 장난감 회사 MGA에 가져갔고, 모델을 보고 결정적인 한 표를 던진 건 CEO의 열두 살짜리 딸

재스민 라리언이었다. "당시에는 인형 시장에 다양성이라고는 없었어요. 항상 금발에 푸른 눈 인형뿐이었죠." 18년 후 성인이 된 그녀는 MGA사의 직원이 되었고 〈바이스〉와의 인터뷰에서 이렇게 말했다. "이 인형을 보자마자 외쳤죠. '와. 쿨하다. 이런 인형이 필요했어.'" 브라츠 인형은 라리언과 친구들이 실제로 입는 옷을 입고 있었다. "바비는 고급 의류를 파는 베벌리힐스의 로데오 드라이브와 더 가깝죠. 우리는 스트리트웨어를 파는 멜로즈*고요. 우리는 믹스앤드매치로 나만의 스타일을 만드는 걸 좋아해요."[28]

원래 브라이언트는 다양한 인종의 브라츠를 만들어 인종을 중심으로 홍보하려는 의도를 갖고 있었다. 하지만 MGA의 최고경영자인 아이작 라리언은 이런 접근방식에서 한발 벗어나 이 인형을 "인종적으로 모호하게" 만드는 쪽을 택했다. 이는 유대인이자 이란인인 자신의 경험과 관점을 반영한 것이었다. 브라츠는 인종에 따른 체크박스를 적용하는 대신, 소녀들로 하여금 무엇이 자신에게 말을 걸어오는지 스스로 파악할 수 있도록 했다.

이 인형은 출시되자마자 선풍적인 인기를 끌었고, 장난감 시장에서 바비의 아성을 무너뜨리기 직전까지 갔다. 그사이 마텔사와 MGA사는 브라이언트 디자인에 관한 소유권 분쟁으로 치열한 법정 공방을 벌이기도 했다. 동시에 브라츠는 법정 밖에서도 나름대로 문화적 전쟁을 치러야 했다. 미국심리학회는 이 인형이 "어린 소녀들을 성적으로 대상화한다"라고 비판했다.[29] 온라인 육아 게시판에는 브라츠를 향한 비난이 쏟아졌고 〈새터데이 나이트 라이브〉의 바비 탄생 50주년을 기

* LA 할리우드 서쪽에서 웨스트 할리우드까지 이어지는 거리로 빈티지샵, 스트리트패션샵, 타투샵 등이 밀집해 있다.

넘하는 한 코너에서도 이 인형이 입방아에 올랐다. 이 코너에서 크리스틴 위그는 최초의 바비로 분장한 채 자신의 생일 파티에 대해 묘사한다. "친구들이 나를 위해 파티를 열어주었어요. 미지, 스키퍼, 블랙 바비까지…" 여기서 관객들이 웃는다. "와, 재미있었겠네요." 호스트인 세스 마이어스가 대답한다. "재밌었죠." 위그(바비)는 대답한다. "음탕한 브라츠 인형이 등장해서 누군가를 베어버리기 전까지는요."[30]

그런데 잠깐, 누가 누구를 비난하는 걸까? 거의 옷을 걸치지 않은 인형이 다른 인형을 "음탕하다"라고 부르는 이 모순을 관객들은 이해했을까? 위그의 펀치라인에서 브라츠를 지나치게 성적일 뿐 아니라 화나고 폭력적인 캐릭터라 비난하는 것은, 사람들이 비나48을 보고 화난 흑인 여성이라고 판단한 것과 같은 선상의 편견이 아닐까.

'슬럿'이라는 비난은 아무리 가라앉히려 해도 수면 위로 떠올라, 브라츠 인형을 비하하는 용어로 사용되었다. 〈바이스〉가 브라츠 디자이너에게 이 인형이 받은 가장 큰 오해가 무엇인지 묻자 그는 1초도 망설이지 않고 대답한다. "슬럿이라고 욕먹은 거죠." 하지만 그는 이런 오해를 가볍게 무시하기로 한다. "그런데 우리가 어떤 옷을 입는다고 해서, 다른 사람이 실제로 내가 어떤 사람인지 아는 건 아니잖습니까?" 재스민 라리언 또한 브라츠가 수시로 받는 '슬럿' 비난을 거부한다. "어렸을 때 이 인형을 보면서 그냥 귀엽고 쿨하고 갖고 놀고 싶다고 생각했을 뿐이에요."[31]

지금 다시 이 인형들의 전체적인 체형을 살펴보자. 평균적인 패션 인형보다 더 몸매가 부각되거나 더 섹시해 보이지는 않는다. 사실 브라츠의 몸은 커다란 버블헤드에 가려져 잘 보이지도 않는다. 비율 또한 바비보다 훨씬 덜 극단적인데, 가슴은 작고 허리와 엉덩이의 사이즈 차이도 크지 않다. 어쩌면 브라츠를 둘러싼 이 모든 ‘슬럿’ 논쟁들은 스트리트웨어를 입은 도시의 젊은 유색인종 여성에 대한 인종차별적 반응은 아닐까. 조지타운 대학교의 논문 「소녀기가 중단되다: 흑인 소녀의 소녀 시절 지우기」에 따르면 성인들은 흑인 소녀를 백인 소녀들에 비해 “순수하지 않다”고 인식하는 것으로 나타났다. “흑인 소녀는 어릴 때부터 성인처럼 취급받고, 성적으로 대상화되고, 성격 또한 지나치게 공격적이라고 간주된다.” 논문의 저자 조니타 데이비스는 〈워싱턴 포스트〉에서 이렇게 설명한다.[32]

바비와 브라츠가 표방하는 인종 개념 차이는 조지 플로이드의 사망사건 이후 미국의 전국 각지에서 일어난 시위중에 더욱 두드러졌다. MGA사는

5월 30일 브라츠 인스타그램 계정에 다음과 같은 성명을 발표했다. "조지 플로이드와 흑인 지역사회에 진심으로 애도를 보냅니다. 브라츠는 언제나 다양성과 포용성을 가장 중요시해왔습니다. 인종차별 반대는 우리의 책임이자 의무로, 우리 사회의 가장 큰 불평등 앞에서 침묵한다면 감히 우리를 포용성을 중요시하는 인형이라고 부를 수는 없습니다."[33]

그 즉시 소셜미디어에서 이들을 향한 애정과 응원의 말들이 쏟아졌다. "브라츠는 내가 기억하기로는 흑인과 소수인종 인형이 진짜 인기를 얻게 만든 최초의 장난감 브랜드다." 한 팬이 썼다. "이 인형들은 수년 동안 정말 멋진 모습을 보여줬다." 또 한 명의 팬은 이 기회를 이용해 마텔사에 도전장을 던지기도 했다. "우리는 브라츠를 응원한다. 바비는 24시간 내에 응답하라. #BlackLivesMatter"[34]

바비가 응답하는 데는 24시간 이상이 걸렸다. 바비의 성명서는 6월 12일에나 발표되었고 다음과 같은 일련의 조치를 취할 것을 약속했다. "우리 팀 내 흑인 직원의 목소리를 높이고" "다양성을 표방하는 소매업체와 협력"하겠다는 것이었다. 이 또한 기업이 낼 수 있는 충분히 긍정적이고 적극적인 답변이라고 할 수 있다. 하지만 어떤 면에서는 백인 친구가 "나도 앞으로 더 잘하겠다"라고 약속하는 말처럼 느껴졌다.[35] 10월에 후속 조치로 마텔사는 브이로그를 한 편 올렸다. 이 애니메이션 영상에서 (백인) 바비와 바비의 친구 니키 (아마도 니키 미나즈를 의도했을 수도 있다)는 일상생활에서 겪는 인종차별에 대해 이야기한다. 흑인인 니키가 백인 바비에게 그저 의심스러워 보인다는 이유로 보안 요원에게 제지당했던 경험을 털어놓자 바비는 깜짝 놀란다.[36] 나름대로는 세심하게 제작된 교육적인 내용이라고 할 수 있지만 두 가지 질문이 생긴다. 왜 이 상황에서 블랙 바비가 화자가 아닐까? 왜 니키의 경험은 백인 바비의 반응을 통해 전달되어야 하는가?

바비와 마텔사는 인종차별에 관련한 대화에 참여하기는 했지만, 유색인종을 그저 재현만 하는 것의 함정을 보여주기도 한다. 유색인종의 역사와 가치에 대해 깊이 숙고하지 않은 채 아름다운 유색인종 여성의 이미지를 세상에 내놓는 것만으로는 충분하지 않다. 토니 모리슨은 "흑인은 아름답다"라는 문구를 냉철하게 분석한 바 있다. "흑인은 아름답다는 말 뒤에 어떤 의미가 숨겨져 있을까? 우리가 모든 사람에게, 우리 자신에게도 우리의 아름다움을 설득한다고 치자… 그다음에는 무엇이 올까? 상황이 바뀔까? 우리는 더 나은 것을 주장할 수 있을까? 정당한 요구를 할 수 있을까? 백인들은 아름다운 사람에 대한 거부감은 없다는 사실 정도만 남지 않을까?"[37] 인종차별로 인한 폭력과 사회적 편견에 대항하기에 아름다움이란 너무나 미약한 방패다.

이 일련의 일들이 바비에게 어떤 영향을 미쳤을까? 한마디로 아무 영향도 미치지 못했다. 2020년대로 접어들면서 인종차별적인 혹은 성차별적인 실언을 한 수많은 연예인들이 소셜미디어에서 비판받았다. 그러나 이 넘실거리는 검열의 파도 속에서도 바비의 플라스틱 몸체는 성공적인 항해를 계속하고 있다. 2020년 말 바비는 13억 5000만 달러라는 기록적인 매출을 달성했고, 과거의 자신과 아무런 차이가 없는 몸매를 다음 세대의 손에 물려주었다.

*

손으로 바비의 몸을 움켜잡아본다. 이때의 나는 그저 만들어진 인형만 보는 게 아니라 하나의 프리즘을 본다. 우리는 이 대상에 이상적인 여성성을 투사한다. 그 결과 미적 기준, 성적 판타지,

과잉 소비, 인종적 분류에 대한 다양한 스펙트럼이 굴절되어 나온다. 이런 방식으로 바비는 현대 여성들과 같은 공간에 거주한다고 할 수 있는데, 이는 제작사가 의도하거나 믿고 싶은 방식은 아닐지 모른다. 바비가 우리와 같은 시공간에서 사는 이유는 직업적으로 성공한 여성이라거나 해방된 여성이기 때문이 아니다. 바비가 여성의 몸으로 여성을 대표하기 때문이고, 나와 똑같이 바비는 여성이라는 성에 따르는 모든 제약과 판단에 종속되어 있기 때문이다.[38]

종이 인형을 오들오들 떨게 내버려둘 수는 없다. 우리의 인형에게는 옷이 필요하다. 그것도 아주 많고 많은 옷이! 옷을 입지 않았을 때는 그 사람이 어떤 사람인지 판단을 내릴 수가 없다. 옷은 맥락을 부여한다. 사람들이 걸친 옷을 통해 우리는 그들을 분류한다. 이 여성은 회사 임원이다. 이 여성은 모델이다. 이 여성은 간호사다. 이 여성은 펑크로커다. 옷으로 시대를 읽기도 한다. 이 여성은 빅토리아 여왕이다. 1700년대 행상인이다. 중세시대 우유를 짜는 여인이다.

먼저 한 벌의 의상부터 시작해보자. 차려입기는 인생의 큰 재미 중 하나이고, 우리는 이 일을 더욱 신나고 자유롭게 만들 수 있다. 러플 앞에서 왜

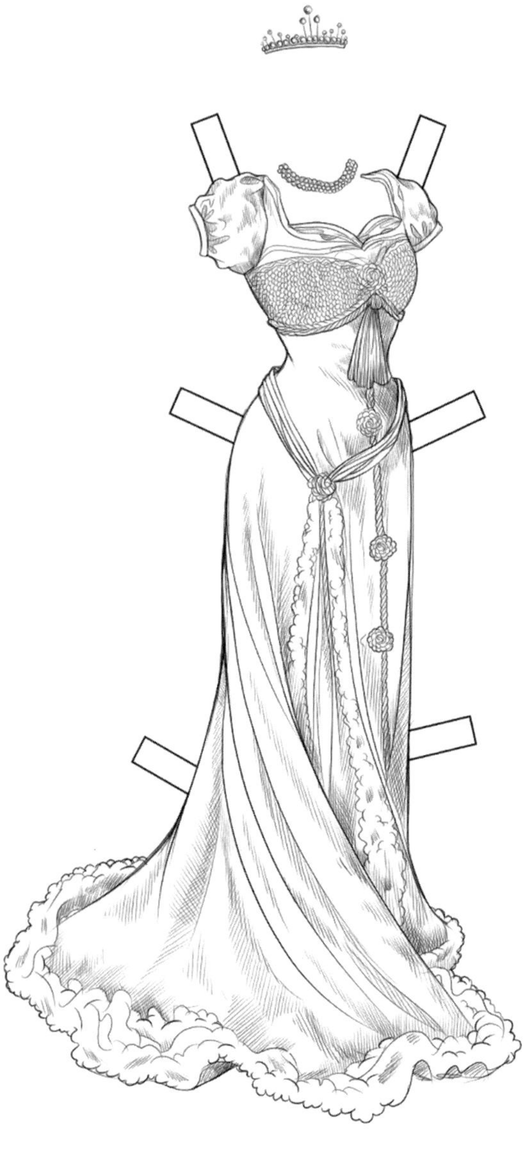

인형

망설일까? 레이스를 왜 부담스러워할까? 사치스럽거나 도발적인 드레스는 어떨까? 결국 종이일 뿐이니 우리가 하는 건 모두 '하는 척하기'일 뿐이다. 그러니 얼마든지 추가하자. 보석도 달아보자. 우리 종이 아가씨를 위해 종이 다이아몬드를 달자. 이제 우리는 빅토리아 인형의 드레스를 갖게 되었다.

인형 놀이 속에서는 원하는 무엇이든 될 수 있다! 세상을 호령하는 아름답고 부유한 귀부인이 되기를 마다할 필요가 어디에 있을까?

2. 돈으로 살 수 있는 것:

도자기 인형

어떤 아이들은 기차를 좋아하고 어떤 아이들은 레고를 모으고 어떤 아이들은 포켓몬 카드를 수집한다. 내가 어린 시절 집착한 대상은 도자기 인형 Porcelain Doll이었다. 전통이 있는, 사연이 깃들어 있는, 어느 집 돌아가신 할머니 다락방에서 찾아낸 듯한 진품 도자기 인형이어야 했다. 짐작할 수 있겠지만 이 취미는 동급생들과 공유할 수 있는 관심사는 아니었다. 대체로 아이들은 다락방 도자기 인형보다는 바비 인형을 선호했기 때문이다. 하지만 나는 언제나 빅토리아시대의 고풍스럽고 화려한 장식품에 매혹되는 사람이었다. 목까지 올라오는 레이스 블라우스를 입은 깁슨 걸들,* 화려한 금박 장식이 붙어 있는 유리 향수병, 발톱 모양 받침이 달린 골동품 토스트 꽂이, 금박 이파리가 새겨진 찻잔이라면 사족을 못 썼다. 이런 내가 위노나 라이더가 버슬드레스를 입고 출연한 시대극을 좋아했다는 점도 그리 놀랍지는 않을 것이다. 아이스크림 전용 은제 포크를 갖고 있는 사람들은 어떤 사람들일까? 바로 내 스타일의 사람들이지. 언젠가부터 나 혼자 그렇게 결정해버렸다.

내가 자란 버지니아 북부에서 멀지 않은 곳에 장난감과 인형 박물관이 있었고 그곳에는 100년 된 인형이 전시되어 있었다. 손으로 만질 수 없었던 장식장 속 인형은 나에게 아찔한 황홀경을 선사했다. "나도 저걸 갖고 싶다"라고밖에 표현할 수 없는 강렬한 소유욕이 밀려왔다. 그때부터 나는 에스테이트 세일과 지방의 경매를 찾아다녔고, 이후에는 이베이를 뒤져서 나만의 골동품 인형들을 하나둘씩 사 모으기 시작했다. 어렵게 수집했던 몇 개의 인형은 단순히 장난감이라고는 할 수 없었고 나만의 소중한 보물이었다. 이 인형들의 존재 목적은 고급 골동품 토스트 꽂이와 거의 동일했다고 볼 수 있다. 다시 말해 아무런 쓸모가 없었다. 하지만 빅토리아시대 사람들에게 기능이 그리 중요하지 않았던 것처럼, 나에게도 인형의 기능 따위는 중요하지 않았다. 내게 중요한 것은 아름다움, 세련미, 그리고… 사실 정확히 뭐라고 말하기도 힘들다. 내가 왜 그렇게 이 장식용 인형들에 열광했는지는 말로 잘 풀어내기가 어렵다.

나는 섬세하고 세련된 인형을 마냥 바라보기만 해도 좋았다. 그런데 당시에는 미처 깨닫지 못한 사실이 있었으니 나 또한 빅토리아시대 사람들과 마찬가지로 잘못된 사고에 빠졌다는 것, 잘못된 이유로 도자기 인형을 숭배했었다는 점이다.

＊

일러스트레이터 찰스 데이나 깁슨이 그린 세련된 유럽계 미국인 여성의 일러스트 속 여성들.

빅토리아시대는 새롭고 거창한 아이디어의 시대였다. 웨딩드레스에 대해 그전까지는 없었던 생각이 태동했고—웨딩드레스는 흰색이어야 한다! 강령회가 활발하게 열렸고—죽은 영혼들을 불러내자! 아동기와 어린이들을 새로운 관점으로 보게 된 시대였다. 특히 어린이의 발견은 일종의 사회혁명이라 할 수 있었다. 17세기와 18세기 초반까지만 해도 어린이들은 본질적으로 원죄를 갖고 태어난 존재로 인식되었다. 매를 아끼면 아이를 망친다는 말이 기본 육아방침이었고, 무지한 아이들이 어둡고 악마적인 충동에 굴복하지 않도록 보호하는 것이 부모의 도덕적 소명이었다. 페미니스트 역사학자 테레즈 오닐은 자신의 책 『지배할 수 없는』에서 이렇게 말하기도 한다. "당신의 자녀는 종교 지도자들이 원죄라고 부르는 것에 물들어 있다. 당신이 이 세상에 낳아놓은 도덕적 혼란을 정리하는 것이 부모로서의 책임이다."[1]

원죄를 강조한 종교 지도자 중 한 명이 감리교의 창시자인 존 웨슬리다. 그는 부모들에게 설교하길 "자녀의 의지를 꺾어야만 그들의 영혼을 구원할 수 있다"라고 했다. 왜냐하면 어린이의 영혼에는 "악의 습성이 내재되어" 있다고 가정했기 때문이다. 강단 밖에는 철학자 존 로크가 있었다. 자녀교육서인 『교육론』을 집필하기도 한 그는 존 웨슬리보다는 덜 엄격한 편이었으나, 그 역시 아동기를 기능적으로만 보았다. 아동기의 최종 목표는? 자신의 맡은 바 역할을 수행할 수 있는 성인으로 가는 것이다. 놀이는 좋은 습관을 만들기 위해 유용한 방법일 수 있다. 그러나 응석을 지나치게 받아주는 자상한 어머니는 신이 반대하시는 바이며 오히려 자녀를 망칠 수 있다.[2]

아동기에 대한 생각이 바뀌기 시작한 건 1800년

대에 윌리엄 워즈워스와 윌리엄 블레이크가 어린 시절을 깨끗하고 순진무구한 동심과 연결시키면서부터였다.* 존 에버렛 밀레이 같은 라파엘전파 예술가들 또한 어린이를 굳은 표정을 한 어른의 미니어처가 아니라, 사과 같은 볼과 코르크 따개 같은 곱슬머리를 가진 연약하고 사랑스러운 존재로 그렸다. 미리엄 포먼 브루넬이『메이드 투 플레이하우스』에서 언급했듯이 "도처에 천사 같은 빅토리아시대 소녀의 이미지가 있었다".[3]

이렇게 사회 변화를 겪으며 아동기는 과도할 정도로 낭만화되었다. 순수하고 무결하고 순진하기만 한 꿈과 같은 시기, 어른들의 절대적인 보호가 필요한 연약한 순간으로 보이기도 했다. 하지만 확실히 짚고 넘어가야 할 문제가 있다. 이 사회에서 보호와 사랑을 받는 어린이들은 중상류층 어린이와 청소년이었고, 노동계급 어린이들은 아니었다는 사실이다. 이들은 네다섯 살부터 광산이나 방직공장 등의 강제노동에 동원되는 등, 빠르게 발전하는 산업사회에서 일찍부터 노동자로 살아가야 했다. 이런 어린이들에 관한 로크의 입장은 단호했다. 그는 아동노동을 옹호했는데, 만 세 살만 넘으면 빵 조각을 먹여 노동의 현장으로 보낼 수 있다고 주장했다. 날씨가 추우면 따뜻한 죽 한 그릇을 먹여 보내면 된다고 말하기도 했다.[4] 빅토리아시대 인형과 장난감은 주로 부유층 자녀들을 위해 만들어졌다. 특히 인형은 부유층과 빈곤층의 분리를 구현한 물건이라 할 수 있었다. 고급스러운 비스크 인형들, 벨벳이나 레이스 의상으로 상류층의 생활방식을 표방한 인형들은 이 시대의 위선을 가장 잘 나타낸 장관이라고 할 수 있다. 포먼 브루넬에 따르면, 특히 급격한 산업화가 진행

* 윌리엄 워즈워스는 시 「하늘의 무지개를 볼 때마다」에서 "어린이는 어른의 아버지"라는 시구를 남겼다.

되던 도금시대에 인형은 "남들에게 보이기 위한 전시적인 소비와 의식과 가식을 조장했다".[5]

인형 자체가 패션 소비지상주의의 미니어처 모델과도 같았다. 아름다운 비스크 인형들을 위한 새로운 의상, 새로운 머리 스타일, 새로운 액세서리와 가구들이 계속해서 추가되었다. 이 모든 것은 여성성의 소비적 순환을 위한 드레스리허설이기도 했다. 포먼 브루넬은 지적한다. "1870년대와 1880년대에 가장 값비싼 프랑스 패션 인형이 배송될 때 여러 개의 트렁크─옷들─와 같이 배달되었고 때로는 이 의상들이 인형 가격의 세 배에 달했다."[6]

이러한 인형들에게는 패셔니스타 선구자가 있었으니 미니 마네킹이었다. 프랑스 왕실에서는 최신 유행하는 옷으로 휘감은 마네킹을 배에 실어 타국으로 보냈는데, 다른 나라의 귀족들이 프랑스의 옷장을 모방할 수 있도록 하기 위해서였다. 말하자면 이 미니 마네킹들은 1700년대 버전의 〈보그〉라고 할 수 있었다. 왕실 재봉사들이 드레스 입은 마네킹들을 사용 후 버리고 나면 마네킹들은 두번째 인생을 살 수 있었다. 앤토니아 프레이저는 『인형』에 다음과 같이 썼다. "패션모델로서의 역할을 수행한 마네킹들은 대부분 보육원의 장난감으로 들어갔다."[7] 일부 패션 인형은 오직 오락용으로 만들어지기도 했다. 마리 앙투아네트는 자매들과 어머니를 위해서 패션 인형을 주문했는데, 드레스 모델용이 아니라 보고 갖고 놀기 위한 오브제를 원했기 때문이다. 이 같은 3차원 복식 견본이 19세기와 20세기 정교한 도자기 인형이 활약할 무대를 미리 마련해두었다고 할 수 있다.

이러한 면에서 도자기 인형은 전혀 새로울 것이 없었다. 지위와 계급의 상징으로서 장난감의 역사는 오랫동안 확립되어왔다. 중세시대에도 접토로 만든 장난감들이 많았다. 서민들의 놀잇감으로 쉽게 만들 수 있고 널리 보급되었기 때문이다. 반면 말과 각종 말 장식으로 꾸며진 중세 기사 인형은 희귀하고 정교한 물건으로, 귀족 어린이들만 갖고 놀 수 있었다.[8] 이러한 구분은 고대까지 거슬러올라간다. 서기 2세기에서 3세기 로마시대 한 젊은 여인의 석관인 크레페레이아 트리파에나 Crepereia Tryphaena를 생각해보자. 이 안에는 원목으로 만들어진 정교하고 아름다운 관절 인형이 하나 들어 있다. 죽음이라는 위대한 신은 모든 것을 평등하게 만들어, 모든 해골은 하나같이 똑같아 보인다. 하지만 이 목각 인형만큼은 주인의 시신을 대신해 주인이 어떤 사람이었는지 말하고 있다. 트리파에나의 육신은 더이상 그녀가 살아 있을 때 어떤 사람이었는지를 전달할 수 없지만 그 여인이 갖고 있던 목각 인형의 얼굴, 조각칼로 섬세하게 새긴 머리카락, 세심한 디테일은 주인에 대한 메시지까지 전달한다.

하지만 인형 제작 열풍이 분 것은 새로운 현상이라 할 수 있었다. 이는 1800년대에 여러 사회적 요인이 복합적으로 작용한 결과였는데, 첫번째는 미국 중산층의 가구소득이 증가하면서 유럽 제작 상품에 눈을 돌릴 수 있게 된 것이었다. 굳이 유럽 수입산을 손에 넣으려는 이유는 미국의 상류층을 모방하기 위해서였다. 당시 미국의 상류층이 유럽 엘리트를 모방하고 있었기 때문이다. 주택의 면적이 넓어지면서 중산층 가정에 자녀들을 위한 공간이 확보된 것도 하나의 이유였다. 인형이나 장난감을 보관할 방이라든가 놀이만을 위한 공간이 더해진 것이다. 쇼핑의 영역이 폭발적으로 증가하기도 했다. 고급 백화점이 들어서고, 무슨 물건이든 살 수 있는 카탈로그 우편 주문이 증가하고, 각종 체인점이 속속 늘어나며 장난감을 구매할 수 있는 기회가 점점 많아졌다. 특히 크리스마스 시즌에는 소비가 최고조에 달했는데, 1870년대에 이르러서는 크리스마스가 미국의 공휴일이자 산타를 테마로 한 선물 증정 대잔치로 굳어졌다. 자녀의 수가 줄어들었고, 바쁜 부모들은 함께 놀아주는 대신 아이의 손에 인형을 들려주었다.[9] 이 모든 조건이 기술혁신과 대량생산과 공장의 발전과 맞물렸다.

결과: 도자기 인형은 이 시장에서 대세가 되기 위해 시동을 걸고 있었다.

미국은 주로 프랑스와 독일의 장난감 회사 인형을 수입했다. 당시 독일은 장난감 시장을 말 그대로 지배하고 있었고, 유럽 시장에 유통되는 인형 중 3분의 2가 독일에서 생산되었다. 프랑스 인형은 독일처럼 수적으로 우세하지는 못했지만, 지금이나 당시나 업계에서 가장 고가의 제품을 생산했다. 아르망 마르세유Armand Marseille 같은 독일 제조 업체의 인형은 더 대중적이었지만 여전히 "우아한 방식의 인형"이었다고 프레이저는 말한다. 그리고 그 우아한 방식은 도자기를 뜻한다.

〈뉴요커〉의 테설리 라 포스는 도자기에 대한 유럽의 광적인 집착에 대해 이야기한다. 도자기는 14세기 중국에서 유럽으로 수입되었고 처음부터 "백색의 금"으로 여겨졌다. "도자기는 처음부터 권력과 특권을 가진 세련된 지배층을 위한 물건이었다." 라 포스는 황제와 왕들이 얼마나 도자기를 갖고 싶어했는지 묘사했다. "이러한 수준의 물질주의는 결국, 필요에 관한 건 아니다."[10]

이 재료에는 인종적인 요소도 있다. 라 포스가 지적했듯이 "도자기에서 가장 거슬리는 상징은 도자기 특유의 백색이다".[11] 다른 색상이 들어가지 않은 우윳빛의 도자기는 흰 피부를 비유하는 데 사용되어왔다. 태양이나 세월의 흔적이라고는 없는 "도자기 피부"는 빅토리아시대 미의 기준이었고 흰 피부 유지를 위해 파라솔, 장갑, 파우더 등 다양한 액세서리가 필요했다. 백인 여성들은 피부가 햇빛에 그을려서는 안 되었다. 해변에서 잠시 쉬는 정도는 괜찮았지만, 야외에서 노동할 때 생기는 그을음은 절대적으로 방지해야 했다. 도자기를 모두가 원하는 피부색으로 비유하면서, 인형 제작자들에게 흰 도자기가 이상적인 인형 색으로 자리잡은 것이다.

인형 제작 시에 가장 눈에 잘 띄는 부분이자, 대중에게 전시되는 부분인 머리만큼은 반드시 도자기를 사용했다. 이전의 중국 인형과 달리 도자기 머리는 초벌을 가마에 굽는데, 이를 초벌구이biscuit firing라 하고 줄여서 비스크라고 말한다. 이렇게 하면 광택 없이 마감되어 칠이 가능해지면서 보다 인간과 비슷한 느낌의 정교한 인형을 제작할 수 있다. 몸체는 다양한 재료를 사용해서 만드는데 어린 염소 가죽, 혹은 "콤퍼지션(톱밥과 접착제를 섞어 만든 종이 인형 타입)"으로 제작했다. 결과물은 도자기에 비해 매끄럽지는 않았지만 옷으로 가릴 수 있기에 완성도가 조금 낮아도 상관없었다. 이에 미국 인형 제조업자들이 몸통은 미국에서 생산하고 머리만 유럽산을 수입해오는 경우가 많았다. 미국 제품이지만 유럽 수입품처럼 위장한 것이다.

가마에서 구웠기 때문에 언제든지 깨질 수 있다는 점도 이 인형이 가진 매력의 일부였다. 부서지기 쉬운 섬세한 물건을 아이의 손에 쥐여준다는 것은, 그 인형을 수리하거나 교체할 여력이 있다는 사실을 주변 사람들에게 공표하는 셈이었다. 따라서 이 인형은 부유층에 대한 이상적인 이미지를 제시했을 뿐 아니라 인형 자체가 곧 상류층의 상징이었다. 이 인형의 본질은 부자의 빈자에 대한 관계의 속성을 전달하고 있었던 것이다.

모든 도자기 인형이 백인은 아니었다. 다른 인종의 인형도 존재했다. 다만 다른 피부색의 인형들은 백인 어린이의 장난감 상자에 어쩌다 가끔 하나씩 추가된 이국적인 수집품이자, 철저히 타자화된 대상이었다. 인형 제조업체들은 일반적으로 백인 인형과 동일한 틀을 이용하고, 도자기 재료에 약간의 색조를 더한 다음 의상만 바꾸거나 이국의 특징을 반영했다(한 세기 후에 마텔사는 컬러드 프랜시 인형을 같은 방식으로 만들었다). 기준이 되는 도자기 인형은 대다수가 창백한 피부에 유리로 눈을 만든 백인 인형이었다. 1830년대 이전에는 가장 인기 있는 인형 눈 색깔이 갈색이었지만, 빅토리아 여왕이 즉위하면서 여왕의 홍채와 비슷한 푸른 눈의 인형이 선호되었다. 이 색상 조합은 오늘날까지도 시장을 지배하고 있다.[12]

인형 부품 중 일부는 색다른 자동장치가 적용되기도 했는데, 어떤 인형들은 걷거나 손수건을 흔드는 등 실제 사람과 같은 동작을 흉내냈다. 자동

인형은 이 판에서 완전히 새로운 발명품이 아니었다. 몇 세기 동안 발명가와 시계공들은 나름대로 기술을 이용해 움직이는 광경과 피규어들을 만들어왔다. 영화 〈휴고〉와 〈징글 쟁글: 저니의 크리스마스〉 같은 영화에서 놀라운 발명품에 대한 영화적 상상력을 보여주지만, 현실에서도 충분히 환상적인 작품들을 볼 수 있었다. 열쇠를 돌리면 초상화를 그리거나 플루트를 연주하는 인형을 상상해보자. 하지만 당시에 제작된 자동인형 중에는 눈살을 찌푸리게 하는 것도 있었다. 노동하는 흑인 하인 인형이 그것이다. 이는 흑인 노동과 노예제도가 마치 자동적인 것처럼, 당연하게 기대할 수 있는 것처럼 묘사하고 있었다.[13] 빅토리아시대의 자동인형 중에는 토머스 에디슨이 발명한 '말하는 인형'도 있다. 그는 인형에 탈부착식 축음기를 달아 소리를 낼 수 있게 하였다(하지만 품질이 나빠 생산이 중단되었다). 이러한 장식적인 기술은 이미 고급스러운 장난감에 또하나의 호화로운 기능을 추가하여, 사치품이라는 메시지를 더욱 강조하였다.

자동인형에서 알 수 있듯이 빅토리아시대 사람들은 '다다익선'의 접근 방식을 좋아했고, 값나가는 인형이 상징하는 계급적 지표에 또다른 지표들을 포개기도 했다. 그중 대표적인 것이 아동 초상화다. 새로 획득한 사회적 지위를 전시하기 위해 "많은 중산층 부모들은 화가를 고용하여 자신의 딸들이 숙녀를 닮은 인형을 안고 있는 그림을 그렸다".[14] 이 관습은 1800년대 내내, 붓이 사진에 자리를 내줄 때까지 계속되었다. 이 초상화들은 아이의 방에 거는 아이를 위한 그림이라기보다는 부모를 위한 그림으로, 가정이 그만큼 물질적 풍요를 누린다는 사실을 증명해주는 오브제였다. 어떤 기록에 따르면 화려한 도자기 인형에 열광하는 이들은 아이들이 아니라 부모였다고도 한다. 부모들에게 장난감 쇼핑이란 새로운 여가활동이었고 인테리어 장식하기였던 것이다.[15] 정작 어린이들에게 쓰다듬거나 안아줄 수 없는 무거운 도자기 인형은 중국 꽃병을 안고 있는 정도의 촉감만 선사할 뿐이었다.

그렇다면 어린 소녀들은 이 장난감을 어떻게 갖고 놀았을까? 인형 놀이 자체가 자신들이 계급을 드러내며 평생 동안 누리게 될 생활에 대한 리허설이라 할 수 있었다. 빅토리아시대에는 중산층과 상류층 여성들이 가정이라는 공간에 갇혀 있었지만, 인형 놀이를 통해서 공공장소로 나가고 사교활동을 할 수도 있었다. 기본적으로 티파티가 가장 인기 있는 인형 놀이였으나, 보다 정식 행사인 '리셉션'도 있었고 서로의 집에 초대하고 초대받는 놀이도 인기가 많았다. 어떤 인형에는 미니어처 명함과 이웃 방문용 드레스가 있어서 친구나 이웃의 집을 방문할 때 입히기도 했다.[16] 인형들에게는 그들만의 장례식도 있었다.

언제나 당대의 트렌드세터였던 빅토리아 여왕이 남편을 잃고 남은 평생을 애도로 보내자, 죽음과 애도를 낭만화하는 시기가 도래했다. 장례식은 점점 더 화려해져 장엄한 행렬, 정교한 비석과 묘지와 망자의 초상화가 필수 요소처럼 따라왔다. 호사스러운 장례식은 물질적 재화를 통해 어떤 사람의 가치를 공개적으로 과시하는 방법이기도 했다. 애도 기간도 길었고 여러 단계로 나뉘어 있어 깊은 애도 혹은 엄격한 상복 기간,* 중간 애도 기간,† 부분 상복 기간‡으로 분류되었다. 그때마다 입어야 하는 의상이 달랐고, 지켜야 할 에티켓이 있었다. 인형에게도 미니어처 상복을 입히고 베일을 씌워 이러한 사회적 트렌드를 반영했다. 심지어 아버지들이 딸에게 인형이 누울 관을 만들어주는 것이 유행하기도 했는데, 현대의 아버지들이 아이들에게 인형의 집을 만들어주는 것과 같은 형식이었다고 할 수 있다. 당시에는 이런 태도가 결코 병적이거나 정도를 벗어난 것으로 보이지 않았다. 빅토리아시대에 살던 사람들에게 죽음과 애도는 삶의 매우 중요한 일부이자 피할 수 없는 사실이었다. 빅토리아시대 어린이들에게 인형 놀이란 현실의 희로애락을 미리 배워두어야 할 연습 시간과도 같았다.[17]

비스크 인형은 삶이란 본디 연약하고 언제든지 깨질 수 있으며, 인간의 신체도 마찬가지라는 사실을 상기시켜주었다. 상류층들에게 있어 그들의 신체는 언제나 소중히 여겨지고 보호되고 추모되는 몸이었다. 한편 노동계급의 경우 그들의 신체는 부서지고 잊히고 폐기될 수 있는 몸이었다. 사실 노동계급의 몸은 인형 생산 라인에 사용되는 몸이었고, 대량생산을 위한 기계의 일부로 여겨지기도 했다. 빅토리아시대 노동법이 제정되기 전

* full mourning. 완전히 검은색 옷만 입는 시기.
† second mourning. 검은색 옷을 입되 장식은 허용하는 시기.
‡ half mourning. 회색, 연한 색 의상을 허용하는 시기.

에는 어린이들도 지난한 노동의 일부였다. 당연히 노동자들은 인형 공장에서 일하며 다양한 통증에 시달렸다. 손가락이 핀에 찔리고, 허리는 곧게 펼 수 없을 정도로 굽어지고, 수시로 가마에 손을 데기도 했다. 그러나 그보다 심각한 문제는 노동 계층의 신체가 인형의 재료로 사용되기도 했다는 점이다. 고급 인형 가발은 보통 노동계급 소녀들에게서 구입한 머리카락으로 만들어졌다.[18] 이는 노동계급의 신체 부위가 사실상 상류층의 장난감으로 전락하는 과정이었다고 할 수 있다.

도자기 인형에는 이렇게 불편한 진실이 숨어 있고, 어쩌면 그렇기 때문에 상당히 오랜 기간 동안 도자기 인형과 죽음의 공포 사이에 깊은 관계가 있었을지 모른다. 살인마 인형은 호러영화의 단골 손님으로, 아마도 가짜 송곳니가 트란실바니아의 뱀파이어 인형에 장착된 이후로 계속 그래왔을 것이다. 세상에서 가장 유명한 살인 인형은 처키라고 할 수 있겠지만 이외에도 리스트는 끝없이 이어진다. 1936년 영화〈악마 인형〉부터 TV 시리즈〈환상특급〉의 한 에피소드에 나온 말하는 태엽 인형 토키 티나도 있다. 2014년엔 공포 인형 애나벨도 등장한다. 이러한 인형이 이토록 소름 끼치는 이유는 무엇일까? 불쾌한 골짜기 이론 때문이다. 저널리스트 린다 로드리게스 맥로비는 불쾌한 골짜기 이론을 이렇게 설명한다. "인간이 휴머노이드 피규어에 호의적으로 반응하다가 그 피규어가 너무 인간적이 되어버리면 거부감을 느끼는 현상이다. 그런 면에서 인간과 비인간 사이의 작고 미묘한 차이, 예를 들어 어색한 걸음걸이, 똑바로 마주치지 못하는 눈, 엉뚱한 단어 사용 등의 차이가 점점 크게 다가오면서 불편함, 불안함, 혐오감을 유발하고 결국 공포를 느끼는 단계까지 가는 것이다." 맥로비에 따르면 인형의 경우에 가장 사람과 닮은 인형이 가장 소름 돋는 인형이고 "섬뜩할 정도로 비인간적인 방식으로 부패하기 시작하는 존재"라고 한다.[19] 하지만 인간의 몸과 인형이 신체적으로 유사하다는 점이 정말로 징그럽다기보다는 인형에 인간 신체의 물리적 증거가 있을 때, 말하자면 인간의 머리카락이 달려 있을 때 더 소름 끼치게 느껴지지 않을까?

사실상 빅토리아시대의 묘지 인형grave doll은 처키의 공포를 아이들 놀이처럼 만든 사례라고 할 수 있다. 이 인형들은 놀이용으로 만든 인형은 아니었다. 인형에 죽은 아기나 어린이의 옷을 입히고 죽은 아이의 머리카락을 실로 꿰어 복제품을 만들었다. 이 묘지 인형은 장례식에 등장하고 나중에는 묘지에 전시되기도 했다. 마치 초상화처럼 실물 크기로 만들어, 아이가 살아 있을 때의 사랑스러운 모습을 재현하고자 한 것이다. 하지만 오늘날 이런 의식을 본다면 어떤 느낌일까? 보자마자 스티븐 킹의 신작 소설을 떠올리게 될 것이다.

나에게는 도자기 인형이 마냥 예쁘기만 했다. 하지만 가끔 밤에 불을 켜지 않은 채 화장실에 가느라 인형 옆을 지나칠 때면 나는 지금 안전하다고, 별일 없을 거라고 속으로 중얼거려야 했다. 내 인형의 몸집도 손도 너무 작아서 무시무시한 육류용 칼을 들 수 없으리라 생각하기도 했다. 낮에 그 생각이 떠오르면 웃음이 터졌다. "요즘 공포영화를 너무 많이 봤나봐. 그냥 인형이잖아!" 그때는 깜깜한 밤 나를 두렵게 만든 것이 무엇인지 인정할 준비가 되어 있지 않았다. 이 인형들은 한때 이 땅에서 살았을지 모를 과거의 삶을 암시하고 있다.

*

도자기 인형에도 대항마가 있었으니 헝겊 인형이었다. 도자기 인형이 장식적이고 과장되고 견고했다면 헝겊 인형은 소박하고 단순하고 푹신푹신했다. 1908년에 나온 레이날레 스미스 피커링의

시 「새로운 크리스마스 인형이 불평하다」에는 도
자기 인형과 헝겊 인형이 대조되어 등장하는데,
우아한 패션 인형도 어린 소녀가 더 애착을 갖는
헝겊 인형에는 비할 수 없다는 내용이다.

그 애는 한 번도 나의 금발머리에 감탄하지 않아

내 눈이 예쁘다고 칭찬하지도 않지

내가 입은 옷을 두 번 이상 보지 않아

내 사이즈에 감동하지도 않지

그 애의 모든 아리송한 행동을

어떻게 설명해야 할지 모르겠어

하지만 그 애가 어디에 한결같은 애정을 보내
는지 알고 있지

저 작고 낡은 헝겊 인형이지

얼마 후에 이 도자기 인형은 탄식한다:

아, 우아하고 근사하기만 하면 좋을 줄 알았어

하지만 나는 늦게나마 깨닫기 시작했는걸

행복은 고급스러운 옷깃 사이에 있지 않다는걸

미모는 그저 한 겹 피부일 뿐이라는걸

내 옷이 이렇게까지 거추장스럽지 않다면 얼마

나 좋을까

평범하고 소박했더라면 얼마나 좋을까

내가 가진 모든 매력을 저 사랑과 바꿀 수만 있

다면

작고 낡은 헝겊 인형 제인이 받는 사랑과[20]

헝겊 인형에도 두 가지 종류가 있었다. 하나는 쓰고 남은 재료들을 이용해 집에서 만든 수제 인형이다. 옛날 옛적부터 사람들은 옥수수 껍질, 나무 숟가락, 옷핀, 천 쪼가리, 심지어 뼈까지 이용해 인형을 만들었다. 돈은 없지만 아이를 기쁘게 해주기 위해 버려지는 재료들을 긁어모아 창의성을 발휘한 것이다. 재료를 구할 수 있거나 놀 시간이 확보되기만 한다면, 노동계급 어린이나 노예 어린이들은 이 인형들을 갖고 재미난 놀이를 만들어냈다. 두번째 종류의 헝겊 인형은 대규모로 생산되는 상업용 전문 제작 인형으로, 모양은 집에서 만드는 인형을 닮았다.

상업적인 헝겊 인형은 중산층 가정으로 퍼졌고 상류층 어린이들도 구매했기 때문에, 계급 역할극에 필요한 캐릭터가 되기도 했다. 베르사유궁전의 마리 앙투아네트가 양치기 놀이를 하면서 양떼에 향수를 뿌렸던 일화를 생각해보자. 노동계급의 각박함과 불편함은 제거한, 다분히 현실도피적 관점이라 할 수 있다. 어린이들은 상업용 헝겊 인형을 구매해 집에서 만든 듯한 소박함을 즐기다가, 더 고급스러운 인형이 눈에 들어오면 큰 고민 없이 버릴 수도 있었다.

　많은 공장 제작 헝겊 인형 안에는 부정적인 인종적 메시지가 마치 재료처럼 채워져 있기도 했다. 로빈 번스틴은『인종적 순진성』에서 썼다. "아프리카계 미국인을 대상화하고 나중에 재대상화하는 문화는 인형 놀이와 인형 문학에서 풍부한 잠재력을 발견했는데, 지각이 있는 인형에 대한 모든 이야기는 인간과 사물 사이의 경계를 재편성하기 때문이다."[21] 골리워그 헝겊 인형—얼굴 전체가 시꺼먼 털로 덮여 있고 시뻘건 입술에 만화 같은 커다란 눈을 붙인 민스트럴 캐리커처 같은 인형—은 가장 해로운 유형의 인종주의 이미지였다고 할 수 있다. 이 인형이 최초로 제작된 영국에서도 이름 자체가 인종 비하로 사용되었다.[22] 누더기 앤과 앤디 인형 역시 흑인 얼굴 이미지에서 나왔다고 번스틴은 주장한다. "(제작자 조니 그루엘은) 1903년 L. 프랭크 바움의 공연에서 블랙 페이스 스타 프레드 스톤이 연기한 허수아비 역할에서 영감을 받아 누더기 앤 스타일을 만들었다."[23] 앤과 앤디 이후에는 흑인 유모 인형인 빌러비드

벨린디*가 등장했다. 이어서 뒤죽박죽이라는 뜻을 가진 톱시터비 인형도 나왔는데 헝겊 인형의 몸통에 흑인과 백인 머리가 두 개 달린, 이른바 1+1 장난감이었다. 치마를 한쪽으로 뒤집으면 백인 인형이 되고 다른 쪽으로 뒤집으면 흑인 인형이 된다. 이 인형들에게서 연상되는 또다른 캐릭터가 있을까? "톱시와 에바"다. 『톰 아저씨의 오두막』에 등장하는 캐릭터 이름을 딴 이들로 에바는 백인, 톱시는 흑인노예 소녀인데 이 둘의 이야기는 보드빌이 되기도 했다. "이 톱시란 이름 자체가 흑인과 까만 얼굴을 한 캐릭터가 등장하는 슬랩스틱코미디라는 엔터테인먼트 브랜드를 곧바로 상기시킨다." 줄리언 K. 자보에는 〈애틀랜틱〉에 이렇게 썼다.[24]

이러한 장난감은 계급과 인종차별을 강화하고, 어떤 어린이들은 보호받지만 어떤 어린이들은 무시당하거나 어린 시절을 부정당한다는 인식을 심어줄 수 있다. 번스틴은 쓴다. "천사 같은 백인 어린이"라는 표현이 거듭 등장하면서 흑인 어린이에 대한 묘사와 대조되었다. "흑인 아동들은 기괴하게 묘사되다보니 오직 백인 어린이들만 어린이라고 여겨지게 되었다"는 것이다. 이러한 이미지가 주로 하는 일이란 "흑인 어린이를 어린 시절이라는 범주에서 배제"하면서 "순수함"이라는 범주에서도 배제하는 것이라 한다.[25]

여기서 잠깐 시간을 빠르게 돌려 1940년대로 가보자. 이 시기 인종차별 종식의 분수령이 된 '인형 테스트'가 실시되었다. 흑인 심리학자인 메이미 클라크와 케네스 클라크는 253명의 흑인 어린이들에게 피부색만 다르고 모든 요소가 동일한 인형 두 개를 보여주었다. 세 살에서 일곱 살 사이의

<hr>

* Beloved Belindy. 1926년 출간된 조니 그루엘의 책 속 캐릭터로, 흑인 유모 인형으로 제작되었다.

어린이들에게 어떤 인형을 갖고 놀고 싶은지 물어본 다음 '착한' 인형과 '나쁜' 인형을 고르라고 했다. 대부분의 어린이는 백인 인형으로 놀고 싶어 했고 백인을 긍정적 특성과 연결시켰다. 흑인 인형은 버려지거나 열등한 인형으로 분류되었다. 이 가슴 아픈 결과는 이후에 브라운 대 교육위원회 소송에서 흑인 어린이들이 사회의 편견으로 인해 내면화된 인종주의로 고통받고 있다는 증거로 사용되었다.[26] 골리워그를 비롯한 여러 종류의 인종차별적인 헝겊 인형은 흑인 커뮤니티 전체를 오염시킨, 독이 든 우물이라 할 수 있었다. 수십 년이 지났지만 그 인형들은 여전히 어린이들의 자존감에 치명적인 영향을 미치고 있다.

다시 1800년대 후반으로 거슬러올라가보면,

이러한 문제에 대한 의식조차 별로 없었다는 증거
가 남아 있다. 빅토리아시대 사람들은 행불행을
개인이 어쩔 수 없는 운명으로 받아들였고, 계급
차별과 아동학대를 감내해야 하는 일상으로 여겼
다. 실제로 인종과 상관없이 당시 모든 어린이가
법적으로 보호받지 못했다. 하지만 빅토리아시대
사람들의 얼음장 같은 심장도 메리 엘런 윌슨의
사건 앞에서는 녹아내릴 수밖에 없었다. 오닐의
책 『다스릴 수 없는』에 따르면 1874년 뉴욕주 대
법원 재판에서 "아동학대의 완벽한 사례"가 나왔
다. 메리 엘런 윌슨이라는 소녀의 사건이 완벽한
사례인 이유는 "예쁘고 백인인 비이민자 소녀가
자신의 시련에 대해 명확하고 겸손하게 말했기 때
문"이었다. 이 어린이는 당시 굉장히 제한되었던,
구할 가치가 있는 어린이의 정의에 해당되었다.
열 살인 윌슨이 천사 같은 빅토리아시대 소녀의
이미지에 들어맞았기 때문만은 아니다. 시민들의
공분을 일으킬 만큼 "적당한" 수준의 학대를 당
했기 때문이었다. 이 어린이는 가위로 찔리고 멍
이 들 정도로 구타를 당했지만, 성적인 학대를 당

하지는 않았고 그 점은 매우 중요했다. 그 사실을 근거로 윌슨은 자신의 "순수함(결백)"을 주장할 수 있었던 것이다. 너무나 불공정하고 끔찍하기도 하지만 성 착취 신고 앞에서 사람들은 편견을 갖는다. "만약 성 착취가 있었다면, 그 소녀의 이야기가 공개되지도 못했을뿐더러 대중들의 마음속에서 이미지가 더럽혀졌을 것이다 (…) 이미 순수함을 잃어버렸다면 과연 어른들이 이 일을 중요하게 생각했을까? 이미 잃어버린 순수함Forlorn Innocent이라 여기지 않았을까?" 오닐은 묻는다.[27] 다시 말하지만 순수하고 천사 같은 백인 어린이만이—도자기 인형의 의인화 버전—구원할 가치가 있는 것이다.

대중들은 윌슨의 학대와 구원이라는 자극적인

　　　　　　　　　　인형

드라마에 흥분했고, 이는 1800년대 버전의 바이럴 장면이라고 할 수 있다. 윌슨은 학대 가정에서 구출되어 사랑이 풍부한 가정에 입양되었고, 그리하여 천사 같은 빅토리아 소녀는 다시 한번 보호받았다. 그리고 윌슨 재판이 결정적인 계기가 되어, 예쁘지도 않고 백인도 아니며 비이민자도 아닌 모든 어린이를 보호하는 아동학대법이 제정될 수 있었다. 1870년대 말에는 미국 전역에 아동학대방지협회SPCC가 30여 개나 설립되었고, 고아원과 아동 돌봄 기관들이 생겨나기 시작했다. 아동보호에 대한 인식이 확산되면서 아동노동을 비판적으로 바라보게 되었고, 특히 부유층과 빈곤층 아동의 대비를 극심하게 만드는 장난감 공장 노동에 대해 논의가 진행되었다. 아동노동위원회는 어린이들이 하나하나 인형을 조립하는 공장이 "비위생적이고 안전하지 않다"라고 고발했다. 한 팸플릿의 「사랑하는 돌리에게」라는 시에서는 인형의 시각으로 부자와 빈자, 놀 수 있는 아이들과 놀 수 없는 이들의 세상을 바라보기도 했다.

돌리, 나의 돌리, 너는 무엇을 보았니?

"어린 꼬마들이 나에게 입힐 옷을 만드는 걸 봤어."

인형 놀이를 하는 친구들이 몇 살인데?

"그 세상 아이들은 인형 놀이를 하지 못해. 매일 일만 해."

돌리, 하지만 돌리. 그래도 일은 끝날 거 아니니?

"꾸벅꾸벅 졸아. 우리도 졸아. 밤에는 반쯤 깨 있어."

돌리, 너는 왜 먹지도 못하고 자지도 못하니?

"날 만든 아이들도 먹지 못하기 때문이야."[28]

사회개혁을 향한 움직임이 있었지만 빅토리아 시대와 짧은 에드워드시대의 계급차별과 인종차별은 여전히 사회를 지배했다. 1900년대 초 노동 계급에 필요한 것은 하늘을 날며 나쁜 사람들에게 복수하는 천사들이었다.

그러나 그들은 복수하는 천사를 얻는 대신 인형 큐피 Kewpie를 얻었다.

*

큐피 이야기를 하기 위해서는 시대를 한발 앞서 간 삽화가인 로즈 오닐 이야기부터 시작해야 한다. 학자 셸리 아미티지에 따르면 오닐은 "독학으로 미술을 공부하고 두 번 이혼했으며 자녀가 없었다. 남성 지배적인 업계에서 경력을 가장 중심에 두었던 창의적인 여성"이다.[29] 오닐에 대한 기록을 보면 그녀는 압도적인 미모, 전설적인 재치, 쾌활한 성품, 너그러운 심성의 소유자였다고 한다. 그녀의 팬들은 '단 한 송이 로즈'라는 별명으로 그녀의 특별함을 찬양하기도 했다. 그녀는 빅토리아시대 정숙한 데이지들 사이에서 제멋대로 거침없이 피어나는 꽃이었다. 하지만 그녀는 보다 겸손하게 자신을 '뛰어노는 성게'라고 소개하면서, 자신이 얼마나 힘겨운 어린 시절을 보냈는지 털어놓곤 했다. 그녀의 자서전에는 네브래스카 오두막의 흙바닥에서 셰익스피어 희곡을 연기하는 장면이 나오기도 한다.

오닐은 만화가이자 삽화가로 활동할 때에 〈퍽〉과 〈레이디스 홈 저널〉 같은 잡지에 일러스트를 그리며 큰 성공을 거두었다. 하지만 예술가로서 가장 위대한 업적은 1909년의 어느 날 끄적거려 본, 천사 같은 중성적 캐릭터 큐피라고 할 수 있다. 큐피는 세상에 나오자마자 대성공을 거두었다. 볼록 튀어나온 배, 볼에 쏙 들어간 보조개, 파이처럼 커다란 눈, 뻗친 머리카락은 귀엽고 사랑스럽기 그지없었다. 하지만 귀여운 외모보다 더 중요한 것은 이 인형이 "여성, 하층민, 이민자, 어린이"에

대해 무한한 애정과 관심을 표현한 점이라고 아미티지는 설명한다.[30]

당시의 다른 만화는 빈곤층이나 약자들을 비웃고 무시하는 코미디가 많았다. 반면 큐피는 유머러스하고 유쾌하게 약자들을 위로하고 감싸안는 캐릭터였다. "큐피의 행동 안에는 선한 행동, 공정함, 쾌활함, 공동체 정신이 담겨 있었고 이러한 도덕적인 메시지가 한없이 명랑하게, 예측할 수 없고, 강압적이지 않게, 앙심 같은 나쁜 감정 없이 전달된다." 아미티지는 쓴다. "이 세계 안에서는 젠더, 인종, 계급에 상관없이 모두가 평등하다."[31] 한 만화에서 큐피는 인종차별과 사회적 편견 때문에 힘겨워하고 있는 흑인 가정인 브라운 가족을 방문한다. 큐피는 백인 친구들과 어울리지 못했던 샘과 재스퍼 브라운을 환상적인 바닷가로 데려가 피크닉을 열어주고 인어와 함께 놀게 해준다. 마지막 장면에서 큐피는 자신의 만두 같은 폭신한 몸으로 이 집의 막내 아이를 안아주며 위로한다. 또다른 만화에서 큐피들은 오크 통 속에 숨어 울고 있는 재스퍼를 발견하고 아이에게 블랙 큐피를 선물한다. 이 장면은 너무나 자주 동심과 순수함을 부정당했던 흑인 어린이들에게 보편적인 순수함을 부여하면서, 세상 모든 어린이 안에 존재하는 선함을 이야기한다. 이는 다른 매체에서는 잘 찾아볼 수 없는 순간이었다. 다른 만화에서도 큐피는 고아, 이민자 어린이, 버려진 동물 등 사회취약계층을 찾아가고 달래준다.

그렇다고 해서 오닐의 만화 캐릭터가 상업성과 멀어지지는 않았다. 통통한 큐피는 젤로와 맨션 하우스 아이스크림 광고에 출연해 인기몰이를 했고, 그와 동시에 참정권 운동 엽서나 적십자 안내문에도 등장했다. 오닐은 자신이 창조한 작은 요정을 친선 대사로 활용해 이 세상을 큐피화하고자 했다.

큐피의 대성공으로 큐피를 테마로 한 다양한 상품들이 출시되었는데—접시, 잉크통, 벽지, 아이스크림 틀 등—그 무엇보다 사랑받은 것은 큐피 인형이었다. 1913년 독일 장난감 회사 케스트너는 최초로 도자기 큐피 인형을 출시했다. 수줍게 곁눈질을 하는 인형의 가슴에는 빨간색 하트가 그려져 있었는데, 세상을 향한 사랑을 표현한 것이었다. 이 인형 옆에 옷상자가 달려 오지는 않았다. 사실 큐피 인형에게 계급을 나타낼 수 있는 옷은 필요 없었다. 이 벌거벗은 인형은 사회의식을 갖고 있는 도자기 인형이라 할 수 있었다.

로즈 오닐은 자신의 가난했던 어린 시절을 회상하면서, 큐피 마니아가 되고 싶으나 용돈이 부족한 어린 팬들을 가장 우선했다. 그는 케스트너사에 특별히 부탁했다. "가장 작은 큐피는 아마도 가난한 아이들이 살 테니 특히 더 신경을 써서 제작해주시길 바랍니다."[32]

이후의 큐피는 도자기가 아니라 셀룰로이드, 콤퍼지션, 플라스틱 등으로 제작되었는데 이는 도자기 인형과 헝겊 인형의 궁극적인 타협이라고 볼 수 있다. 플라스틱은 헝겊 인형의 내구성과 도자기 인형이 갖고 있는 사람과의 유사성—머리카락, 속눈썹, 잠자는 눈—을 모두 갖추고 있다. 하지만 두 인형의 단점 또한 갖고 있다. 플라스틱이라는 소재는 헝겊처럼 너무 흔하고 일회용이라는 느낌을 주고, 또 도자기처럼 딱딱하고 뻣뻣해서 헝겊 인형의 포근한 느낌은 주지 못한다. 그래서 1960년대에 큐피가 재생산될 때는 원본에 충실하기 위해 비스크로 제작되었다. 그러나 현대 버전 큐피에는 결정적으로 두 가지가 빠져 있다. 가슴에 그려져 있던 하트, 세상을 향한 연민과 공감의 메시지가 넘쳐흘렀던 심장이다. 큐피는 이제 가난한 이들의 수호자라는 이미지에서 벗어나 그저 평범한 귀염둥이 아기 인형이 되었다.

세상에 실용적인 소재가 넘쳐남에도 불구하고 도자기 인형이 여전히 생산되고 있다는 사실은 이 인형이 지닌 가치에 대해 시사하는 바가 있다. 도자기 인형은 우리가 소중히 여기고 보존할 가치가 있다고 믿는 인형들이다. 한 세기가 지난 후에도 살아남아 박물관에 전시되고 경매장에 나올 수 있는 인형들이다. 어쩌면 우리가 보호하고 기념하기를 선택한 어린 시절이라고도 할 수 있다. 그리고 이 인형은 어떤 사람의 계급, 백인우월주의, 유럽 중심주의가 어느 정도인지 알려주는 기표로 사용되기도 한다.

*

나는 내가 소유한 단 하나의 도자기 인형이 어떤 여정을 거쳐 나에게 왔는지 상상하곤 한다. 내 인형의 머리는 독일 슈린지아에 위치한 아르망 마르세유 공장에서 생산되었다. 슈린지아라니, 모든 집에 뻐꾸기시계와 사과 스트루델이 있는 마을일 것만 같다. 이 인형의 얼굴은 아마도 같은 날에 제작된 1000개의 얼굴과 같이 만들어졌을 테고,

이때 생산된 모든 자매들과 똑같은 틀에 들어갔다 나왔을 것이다. 이 머리에 콤퍼지션 몸체를 연결하고 마무리 작업을 거쳤을 것이다. 면 슬립과 벨벳 드레스를 입히고 러플 모자를 씌우고 인모 가발을 머리에 고정했다. 이 인형은 포장되어 머나먼 나라로 수출이 된다. 내 마음속에서 인형은 증기선을 타고 라틴아메리카로 향한다. 배가 남아메리카 최남단 들쭉날쭉한 케이프 혼에 가까이 다가오면서 선체가 흔들리자, 인형도 상자 안에서 사정없이 흔들리다가 드디어 칠레 산티아고에 도착한다. 칠레의 한 장난감 가게에 진열되었다가 한 부유한 가정에, 아마도 유럽 이민자 가정에 팔린다. 그리고 100년 후, 나는 칠레의 어떤 친척집에 놀러갔다가 벼룩시장의 담요 위에서 이 인형을 발견한다. 나는 그녀를 보고 깜짝 놀란다. 작은 인형아, 어떻게 여기까지 왔니? 하지만 그렇게 놀랄 일은 아니었을지 모른다. 유럽 식민지가 있는 곳이면 어디나 유럽 장난감이 있었을 테니까. 이 작은 인형은 장수했지만 내 손에 들어왔을 때 그 운이 다할 뻔했다. 내 서재에 놓여 있다가 넘어지면서 머리 뒤쪽이 깨진 것이다. 그 도자기가 나무 바닥에 닿으며 깨지는 소리를 듣고 나는 비명을 질렀다. 엄마가 달려와 전부 다 깨진 것은 아니라고 안심시켜주었다. 우리는 인형을 수리점이 아닌 전문 '인형 병원'으로 데려갔다. 인형의 경우에도 의료 서비스는 여유 있는 사람에게만 한정되어 있는 것 같다. 그곳에서 나의 인형은 무사히 수리되었다. 마치 메리 엘런 윌슨처럼 이 인형은 살아 있을 가치가 있다고 판단되었기 때문이다. 때로는 인간이건 사람이건 그렇지 못한 경우도 많은 세상이지만.

누구일까? 우리 도시의 이 소녀는? 이제 작고 예쁘장한 인형에 관한 이야기를 지어내보자. 우리는 이 인형이 빅토리아시대에서 왔다는 것을 알기 때문에 시간적 배경은 고정되어 있다. 하지만 그녀는 우리 이야기의 주인공이므로 평범한 소녀일 수는 없다. 그녀를 보라. 얼마나 아름다운가! 분명히 부유할 것이다! 분명 중요한 귀족 집안의 자제일 것이다. 분명 특별한 존재일 것이다.

당신이 무슨 생각을 하고 있을지 짐작이 간다. "빅토리아시대 여성이라고요? 얼마나 많은 짐을 끌고 다녔나요? 우리 방금 그 시대에 얼마나 문제가 많았는지 한참이나 이야기하지 않았나요? 빅토리아시대 사람들이 계급, 인종, 젠더에 대해 믿

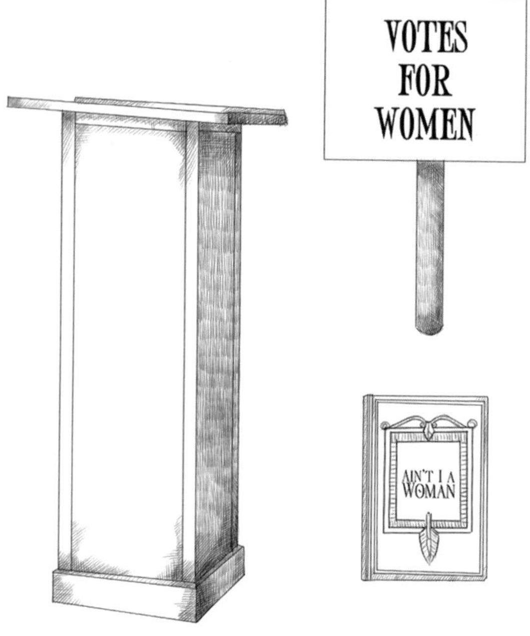

인형

었던 것들을 한마디만 발설해도 아마 사람들에게 바로 제지당할 거예요.” 하지만 걱정하지 말 것. 우리의 숙녀는 진보적인 사람이다. 그녀는 여성의 권리를 지키기 위해 행진한다. 과학을 옹호한다. 절대로 인종주의자는 아니다. 이 인형에게 다음과 같은 액세서리를 들려주자. 참정권 시위 피켓, 연단, 소저너 트루스의 연설문도 좋다.

이 인형에게는 친구도 있어야 한다. 그녀가 얼마나 훌륭한 사람인지 증명해줄 수 있는 단짝 친구라면 좋겠다. 혹시 그녀의 집 부엌에서 일하는 하녀라면 어떨까? 자라온 배경이 다르지만 둘은 서로 마음이 통해 단짝 친구가 되는 것이다.

역사 속에서 서로를 존중하는 귀부인과 하녀가 나눈 깊은 우정에 대한 기록이 많지는 않아 잘 알 수는 없다. 하지만 이 두 친구가 생사를 넘나드는 순간을 함께하면서 강한 유대감을 갖게 되었다면? 폭주하는 마차를 같이 타고 있었다면? 유령 저택에서 귀신을 보았다면? 연회장에 난 화재에서 탈출했다면? 이렇게 하면 문제는 해결된다.

인형

3. 우리가 더 해야 할 이야기 :

아메리칸 걸 인형

어릴 때 나는 크리스마스가 다가오면 당시 갖고 싶은 인형이 왜 내게 꼭 필요한지에 대해 나름대로 합당한 근거를 토대로 주장을 펼쳤다. 크리스마스 선물 위시리스트에는 하트를 수없이 그려넣고 무지개 스티커를 붙였다. 때로는 목공용 접착제까지 가져와 털실을 붙여 꾸미기도 했다. 모두 엄마 아빠라는 재판관의 마음을 흔들기 위한 노골적인 시도였다.

이제는 더이상 크리스마스 시즌에 호시탐탐 인형을 노리는 일은 없지만, 12월만 되면 인형들이 알아서 나를 찾아오곤 한다. 우리 어머니의 명절 의식 때문이다. 매년 겨울, 어머니는 페인트칠된 커다란 가방의 뚜껑을 열고 성탄 구유 컬렉션을 꺼내 거실에 전시한다. 라틴아메리카의 여러 지역에서 제작된 미니어처 세트들은 재료도 다르고 미적 스타일도 제각각이지만, 모두 그리스도의 탄생이라는 동일한 이야기를 전달한다. 내가 가장 좋아했던 세트는 멕시코 전통 점토 인형으로 흰색과 금색으로 색칠되어 있었다. 단순하고 소박한 원뿔 모양의 몸체 끝에 달린 동그란 머리에는 마리아와 요셉을 비롯한 나머지 인물의 얼굴들이 그려져 있다. 그리고 모든 인물의 머리에는 와이어로 후광이 달려 있다.

크리스마스이브가 되면 우리 가족은 이 인형들로 늘 똑같은 연극을 한다. 세트에서 아기 예수만 떼어내 따로 갖고 있다가, 열두시가 되면 다 같이 종을 울린 다음에 예수를 그 요람에 되돌려놓는 것이다. 그리고 성탄 찬양을 부른다. 예수 탄생하셨네! 라 노체 부에나*라고 하는, 크리스마스 자정에 열리는 가톨릭 미사의 소박한 버전이라 할 수 있다. 그 순간 우리는 수세대를 지나 나에게 내려온, 나의 엄마에게 내려온, 나의 엄마의 엄마에게 내려온, 그전부터 계속 전해내려온 이야기를 연기한다. 이 아기 예수 구유 컬렉션은 등사기가 되어 매년 또다른 느낌의 그림을 내어놓는다.

이 모형들이 크리스마스트리 아래 놓인 선물 포장 인형과 다른 이유는 무엇일까? 사실 그렇게까지 다를 건 없다. 역사적으로 모형effigy과 인형 사이에는 큰 구분이 없었다. 같은 물건이 신성한 의례에도 사용되고, 놀이용으로도 사용되는 경우는 여러 문화에서 찾아볼 수 있다. "인형"이라는 단어의 어원 중 하나는 "idol(아이돌)"의 그리스어인 "eidolon(아이돌른)"[1] 이다. 1544년 영국의 브리스틀대성당의 수사였던 로저 에지워스는 사람들이 성당에서 사용하던 성인과 성모 모형을 아

* La noche buena. 스페인어로 좋은 밤이라는 뜻.

이들에게 장난감으로 나눠준다며 불평한 적이 있다. 사실 이 분야의 장인들도 장난감과 종교 모형 두 가지 아이템을 모두 만든다. 종교 성상이나 성탄 구유 세트를 만드는 데 이용되는 기술은 유럽의 인형 제작을 발전시킨 기술과도 동일하다.[2] 목적 또한 겹치는 부분이 있다. 성탄 구유 모형과 마찬가지로 인형은 아이들에게 의식을 가르치고 역사를 이야기하는 교육용 도구이기도 했고, 종종 어젠다가 따르는 경우도 있었다.

교육적 목적으로서의 인형 놀이는 20세기와 21세기에도 계속되었다. 소녀 시절에 대한 판타지를 구현하는 이야기로는 동화 속 공주가 있고, 요정과 발레리나들이 있다. 영역을 조금 더 넓혀 보면 인형을 주제로 한 역사적 인물이 등장하기도 한다. 20세기 중반의 장난감 회사 A&H는 화려한 유명인의 라인업이 돋보이는 '돌스 오브 데스티니'라는 이름의 인형 라인을 론칭했는데 이 안에는 마리 앙투아네트, 베시 로스,[*] 마사 워싱턴[†] 인형 등이 포함되었다. 인형 회사 마담알렉산더에는 취임식 드레스를 입은 퍼스트레이디 인형 시리즈가 있었다. 플로렌스 나이팅게일과 스코틀랜드의 메리 여왕도 이 회사가 역사적으로 조망한 시리즈 중 하나다. 바비 또한 이에 경쟁하듯 역사책에 등장하는 인물들의 인형 버전을 출시했다. 2018년 '영감을 주는 여성' 라인으로 어밀리아 에어하트, 프리다 칼로, 로자 파크스 인형 등이 나왔다. 하지만 이 회사들에서 역사 인형은 더 큰 컬렉션 안에 일부인 스페셜티 라인이었다. 역사 속 인물을 발굴해 인형으로 만들고자 타임머신에 두 발을 모두 넣은 장난감 회사는 단 하나뿐이었다.

[*] 미국 최초로 성조기를 만들었으며, 미국 독립혁명 기간 동안 펜실베이니아 해군을 위해서도 깃발을 만드는 등 50년 넘게 미국 국기를 제작한 역사적인 인물이다.
[†] 미국 초대 대통령 조지 워싱턴의 아내.

＊

1986년 아메리칸 걸 인형은 처음부터 완전히 새로운 방식으로 접근했는데, 역사를 가장 중요한 판매 포인트로 삼은 것이다. 가장 처음 출시한 컬렉션에는 세 가지 인형이 있었다. 스웨덴 대초원의 소녀 커스틴, 에드워드시대 뉴요커 서맨사, 제2차세계대전 시대 탭댄스 댄서 몰리였다. 이 세 명의 소녀는 각각 특정 시대를 대표했다—1850년, 1900년대 초반, 1940년—이 인형의 취지는 미국의 소녀와 여성들에게 미국 역사의 한 시대를 개괄적으로 알려주는 것, 정확하게 말하자면 세 인형 모두 백인 소녀였기에 백인 여성의 역사를 알려주고자 한 것이었다.

아메리칸 걸은 초창기부터 단순한 인형이라고만은 할 수 없었다. 이 인형의 매력은 생생한 스토리텔링이었다. 이 소녀들에게는 각각 자신의 이야기가 담긴 책이 있고, 역사에 기반을 둔 가상의 이야기들이 있다. 한 캐릭터당 여섯 권으로, 책의 제목은 이름 외에는 동일하다—커스틴을 만나보세요/커스틴이 교훈을 배워요/커스틴의 서프라이즈/생일 축하해, 커스틴/커스틴이 구한 하루/커스틴이 변화하다—또한 각 책에 담긴 '잠깐! 역사 속으로'라는 챕터에서는 각 이야기가 실제 역사와 어떻게 연결되는지 설명해준다.

책에 실린 이야기는 허구이지만 계급 문제나 성차별 등 당대 중요한 사회 주제를 다루었다는 점에서 교육적 가치가 있다. 하지만 늘 주인공에게만 초점을 맞추었기 때문에 백인 경험 중심의 서사라는 점 또한 부정할 수 없다. 제작사 플레전트 컴퍼니는 세 인형의 성공에 힘입어 1990년대에 컬렉션을 확장했다. 처음으로 추가된 인형은 또다른 백인 인형으로 식민지 시대 소녀 펄리시티다. 두 개의 유색인 인형도 라인업에 추가되었다. 애디는 노예제도에서 탈출해 필라델피아에서 새로운 삶을 시작한 소녀이고, 호세피나는 1800년대 초반의 멕시코가 될 나라에 사는 스페인어 사용자 소녀다.

초기의 컬렉션은 어린 X세대와 나이 있는 밀레니얼에게 성격유형 테스트 같은 역할도 했다. 버즈피드 퀴즈의 결과, 나는 '살짝 너드인' 몰리라는 결과가 나왔다. 하지만 내 마음 깊은 곳에서 나는 세련되고 여성스럽고 감성적인 캐릭터인 서맨사였다. 내가 어린 시절 도서관에서 빌린 책은 서맨사의 책이었고, 한밤중에 조명을 켜놓고 본 것도 서맨사의 카탈로그였다. 빅토리아시대에 무조건적인 환상을 품고 있는 나에게 서맨사가 소품으로 사용하는 세기말의 생활용품들, 이를테면 미니어처 황동 침대라든가 구식 증기선 트렁크, 잠자리 채는 매혹적으로 보일 수밖에 없었다. 또한 서맨사를 영웅으로 보고 응원한 이유는 가난한 친구인 넬리를 구하기 위해 공장에서 아동노동을 반대하며 싸웠기 때문이었다. 실제로 열악한 조건에서 노동하는 사람은 넬리인데, 왜 넬리의 관점을 중심에 놓지 않았는지에 관해서는 한 번도 생각해본 적이 없었다—넬리가 이야기 속 절친한 친구에서 빠져나와 인형으로 탄생한 건 2004년이 되어서였다—또한 이 이야기에 왜 인종이 빠져 있는지, 왜 학교에서 배운 지배자 중심의 역사를 그대로 반복하고 있는지에 대해서도 의문을 품지 않았다. 이 책들은 이전에 듣지 못했던 이야기들로 나의 지식을 확장해주지는 못했다. 이 인형 놀이를 할 때 나는 주어진 이야기를 그대로 재연했고 반복했다. 허구적인 백인중심주의적 메시지를 다른 아이들에게 권위 있는 진실로 전했고, 물론 나 자신에게도 그 이야기를 한번 더 확인시켰다.

이 텍스트들을 돌아보면서 의문을 품은 사람이 나 혼자만은 아니다. 역사학자 앨리슨 호록스와

메리 머호니는 아메리칸 걸 인형의 책들을 다시 비판적으로 읽는 팟캐스트를 운영하고 있다. 펄리시티의 이야기에서 펄리시티는 버지니아주의 소녀로, 소녀의 집안은 노예를 하인으로 두고 목화 농장에도 흑인노예를 두고 있다. 이 이야기에서 주인공과 주인공 가족이 왜 착취하고 있는지에 대한 설명은 회피한다. 이야기 초반에 펄리시티가 학대받는 말을 구출하는 장면이 나오는데 그때 "교수형에 처할 위험"을 무릅쓴다고 말한다. 하지만 호록스와 머호니에 따르면, 펄리시티가 노예제에서 학대받고 있는 사람들을 해방시켜주기 위해 같은 형벌을 감당할 수 있다는 말은 어디에도 없다고 한다. 이 책 전편에서 노예들은 먼 거리에서 배경처럼 보이거나 잠깐씩 언급될 뿐이며,

그들의 노동으로 이 가족은 무수한 혜택을 받고 있다. "마치 (작가가) 우리에게 모두 안대를 씌워서 펄리시티가 특권층 자녀라는 사실을 보지 못하게 하는 것 같다"라고 머호니는 썼다. 또한 머호니는 노예제에 대한 펄리시티의 태도를 이렇게 요약한다. "내 책임은 아니잖아? 내 책임이 아닌 상황에 대해 굳이 깊이 생각할 필요가 없지." 그리고 이러한 관점이 독자의 포지션이 된다는 것이다.[3]

여기서 잠깐 토머스 제퍼슨의 생가인 몬티셀로 생각이 날 수밖에 없다. 이 역사 유적지는 제퍼슨이 직접 설계하고 거주했던 농장 주택이다. 우리 함께 이 주택의 식당을 방문해보자. 미나리아재비색의 샛노란 방에는 벽면의 조각과 고급 도자기만 있었던 건 아니다. 언제나 독창적인 발명가였던 제퍼슨은 이 방에 말없는 웨이터들과 간단한 장치를 어디엔가 심어두었다. 와인 한 병이 부엌의 벽난로 위에 마치 마법처럼 나타난다. 역사학자 헨리 비엔첵은 쓴다. "회전문에 달린 선반으로 따끈한 요리들이 담긴 접시가 마치 마술처럼 나타났고, 다 먹은 접시 역시 같은 장치에 넣으면 요술처럼 사라졌다. 손님들은 회전문 뒤에서 어떤 활동이 이루어지는지 전혀 보거나 들을 수 없었고, 보이는 세계와 보이지 않는 세계 사이의 연결고리를 찾을 수 없었다.” 비엔첵의 설명에 따르면 지렛대와 도르래 장치 뒤에 있었던 것은 요술이 아니라, 몬티셀로의 노예들이었다. 그들이 묵묵히 와인을 보내고 접시를 거두어 설거지하고 있었던 것이다.[4] 제퍼슨은 자신이 노예를 부린다는 사실이 어떤 손님들에게는 불쾌하게 여겨질 수 있고, 자신의 정치 입지나 외교 활동에 지장을 줄 수도 있다는 사실을 알았기에 노예들의 고된 노동을 자기 집 벽 속에 감춰버린 것이다. 이것이 바로 아메리칸 걸이 펠리시티 인형을 주인공으로 내세우며 사용한 방법이라 할 수 있다. 펠리시티 이야기는 벽

안에 노예노동을 숨겨놓았지만, 그래도 이 기계가 없으면 소설 속 가정이 굴러갈 수 없다.

어쩌면 이런 것들이 바로 플레전트컴퍼니가 하고자 했던 이야기일 수도 있다. 하지만 장난감에 관해서라면 어린이들이 언제나 주어진 이야기만 맹목적으로 따라가는 건 아니다. 마법의 지팡이가 광선 검이 되기도 한다. 고무 오리는 늪지 괴물로 변하기도 한다. 그렇다면 이야기 속 펄리시티가 다른 무언가로 변할 수는 없는 걸까? 아이들이 펄리시티를 갖고 놀면서도, 펄리시티에 대한 각본은 가볍게 무시한 채 이 주인집 소녀를 악당으로 만들고 노예들을 영웅으로 만들 수는 없는 걸까?

물론 이론적으로는 충분히 가능하다. 하지만 앞서 설명했듯이 그렇게라도 할 수 있으려면 먼저 노예들이 인간이라는 사실을 인식해야 한다. 서사를 통해 혹은 적어도 다른 인형을 통해서 어느 정도는 인권 인식이 제공되어야 한다. 물론 그러한 인형은 만들어지지도 않았고, 노예에 대한 표현은 책에서도 부차적이었으며, 카탈로그에는 완전히 부재하고 있다. 펄리시티와 함께 구매가 가능한 상품들은 주인공 이야기를 효과적으로 재현할 수 있는 액세서리뿐이다. 예를 들어 펠리시티의 '플랜테이션 놀이' 키트에는 배드민턴라켓, 셔틀콕, 호루라기 등이 담겨 있다. 이런 아이템들은 현재의 학자와 역사가들이 '노예제 농장slave-labor camp'이라고 부르는 곳에서 펠리시티가 얼마나 편안하게 여가 생활을 누렸는지 나타낼 뿐이다. 아동들도 펠리시티처럼 생각 없이 그 여유만만한 취미 생활에 동참하라고 말하는 것이나 다름없다.[5]

사실 이 아메리칸 걸 인형을 소유하고 있던 어린이들이 펠리시티를 비롯해 같은 회사에서 나온 인형을 절대 악당으로 취급하지 못했던 이유는 정체성 문제 때문이다. 내가 버즈피드 사이트에서 했던 온라인 캐릭터 퀴즈를 통해 알 수 있듯이, 아메리칸 걸의 팬들은 스스로를 자신이 가진 인형으로 정체화했고 그 동일시는 처음부터 설계되어 있었다. 플레전트컴퍼니는 우리가 어떤 인형을 사면 그 인형에 관한 책과 액세서리를 구입하도록 하는 것은 물론이고 그뒤로 인형이 갈아입을 수 있는 다양한 의상까지 판매했다. 파자마, 파티 드레스는 물론 탭댄스 의상까지 구매 가능했다. 인형과 인형 주인이 쌍둥이처럼 똑같은 옷을 입는 것도 권장했는데, 역사 속 소녀들이 현재의 소녀들과 크게 다르지 않음을 강조하기 위해서였다. 따라서 우리가 보게 되는 건 노예노동 덕분에 혜택받는 농장 주인의 딸 펄리시티가 아니라, 말을 좋아하고 사과 버터를 만드는 펄리시티다. 하지만 다른 이야기였다면 어땠을까? 어린이들의 연민과 지각과 도덕성을 키우는 데 어떤 영향을 미쳤을까?

*

아메리칸 걸 인형의 취지를 더 잘 이해하기 위해 그 장난감 회사의 역사를 다시 한번 되짚어볼 필요가 있어 보인다. 플레전트컴퍼니는 전직 학교

교사이자 교과서 집필진이었던 플레전트 T. 롤런드가 설립했다. 롤런드는 콜로니얼 윌리엄스버그*를 방문했다가 근사한 아이디어를 떠올렸다. 인형과 책을 하나로 묶은 상품을 만들어보면 어떨까? 어린 소녀들이 보다 흥미롭게 역사를 접할 수 있는 계기가 되지 않을까? 롤런드는 투자자를 만나 비전을 설명해보았지만 양배추 인형Cabbage Patch Kids 같은 상업성도 없고 가격 대비 수익성이 낮다는 지적을 받았다. 이에 그녀는 투자자를 모집하고 장난감 매장의 진열 공간을 확보하는 일반적인 루트는 피하기로 했다. 롤런드가 생각해낸 해결 방법은 무엇이었을까? 본인 자본을 투자해 소비자에게 직접 판매하는 카탈로그를 제작한 것이었다. 그녀는 아동 도서 작가인 밸러리 트립을 영입해 인형과 어울리는 소설을 집필하게 했다. 롤런드는 1998년 시리즈의 여섯번째 인형으로 조세피나를 출시하면서 회사를 마텔사에 매각했다. 마텔사는 시리즈를 계속 확장하여 총 여섯 개의 인형이었던 아메리칸 걸은 현재 다양한 시대를 배경으로 하는 약 22개의 인형으로 늘어났다. 마텔사는 역사 교육 콘셉트와는 무관한 다른 종류의 아메리칸 걸 라인도 론칭했다. 그러나 오늘날에도 마텔사는 책과 인형의 연관성을 강조하는 편이다. "우리는 단순히 인형 제작사가 아니라 이야기꾼입니다." 한 홍보 영상에서 이렇게 설명한다.[6]

플레전트컴퍼니라는 회사의 종잣돈은 롤런드가 집필했던 교과서의 저작권료였다.[7] 그녀의 교과서는 대체로 읽기와 쓰기와 설명으로 이루어져 있었다. 그래도 교과서를 쓰면서 교육계의 주요 갈등이었던 역사관 차이와 알력 다툼에도 익숙했을 것으로 보인다. 압박을 받은 출판사들은 다른 주나 다른 지구가 요구하는 가이드라인에 맞추기

* 버지니아주의 역사박물관.

위해, 같은 과목 교과서도 주에 따라 다른 버전으로 출간했다. 2020년 〈뉴욕타임스〉 기사는 이른바 빨간 주와 파란 주 사이의 점점 치열해지는 교과서 논쟁을 다음과 같이 요약했다. "보수주의자들은 학교에서 학생들에게 애국심을 고취하고 기독교의 영향력을 강조하며 건국의 아버지들을 기념하고자 한다. (…) 진보주의자들은 학생들이 위에서 아래로 내려오는 관점보다 아래에서 위로 올라가는 관점에서 역사를 마주하기를 원하며, 노예, 여성, 아메리카 원주민 같은 주변부 그룹의 경험에 초점을 맞추고 있다." 〈타임스〉는 같은 출판사에서 나온 두 가지 종류의 교과서를 하나하나 비교하고 대조했다. 하나는 캘리포니아 교과서고 하나는 텍사스 교과서다. 이 두 교과서는 충격적일 정도로 다르게 구성되어 있다. 한 교과서에는 줄리아 앨버레즈의 『가르시아 자매는 어떻게 억양을 잃었나』에서 발췌한 내용이 나오지만, 다른 교과서에는 국경 순찰대원의 증언이 나온다.[8]

롤런드는 단순히 좌절한 교육자로서 이러한 인형과 이야기를 이용해 지나치게 정치화된 시스템을 회피하고자 한 것일까? 아메리칸 걸의 교사 가이드에 암시되어 있는 것처럼, 앞문이 아닌 뒷문을 이용해 교실로 들어가 아이들에게 말을 걸고 싶었던 걸까? 확실한 답을 얻을 수 없는 이유는 롤런드가 언론 노출을 극도로 꺼리는 것으로 유명하여, 그녀의 노력과 결과물에 대한 인터뷰를 할 수가 없었기 때문이다. 하지만 〈트립〉에 따르면 롤런드가 "소녀들이 변화의 주체가 되는" 책을 출간하고 싶었던 것은 분명해 보인다.[9] 하지만 나는 그다음 질문을 하고 싶다. 정확히 어떤 소녀들을 대상으로 생각하신 건가요? 마호니와 호록스가 지적했듯이 이 책에는 미국 역사가 무엇인지뿐만 아니라 누구를 위한 역사인지도 암시되어 있다.

롤런드의 플레전트컴퍼니 이후의 행보도 여전

히 종잡을 수 없고, 복잡하며, 여러 이야기가 혼재돼 있다. 롤런드는 장난감 회사를 팔아 현금을 확보한 후, 자본 일부를 투자해 미국 국가 사적지에 공식 등재된 뉴욕주의 오로라라는 마을을 활성화하는 데 사용했다. 그러나 이곳의 주민 일부는 롤런드의 재개발이 역사적으로 정확하지 않을뿐더러 너무 예쁘게 만드는 데만 치중했다고 비판했다. 한 주민은 불평했다. "오로라 여관의 내부를 뜯어내고 새롭게 장식한 것은 '가짜 역사'예요. 잘못된 방향입니다." 이는 아메리칸 걸 인형을 이용해 과거라는 울퉁불퉁한 표면을 예쁜 벽지로 가리고, 역사판 인형의 집을 만든 일과도 충분히 비교해볼 수 있는 것이다.[10]

그럼에도 아메리칸 걸 최초의 흑인 인형인 애디

를 제작할 때는 이 회사가 이야기를 제대로 살리기 위해 심혈을 기울였다는 점을 인정해야 한다. 아이샤 해리스는 〈슬레이트〉에 이렇게 썼다. "롤런드는 애디를 만들기 위해 흑인 교수와 역사학자로 이루어진 자문위원회를 만들어 조언을 얻었다. 이는 과거에는 찾아볼 수 없는 단계다. 물론 모든 역사 인형들의 스토리를 발전시킬 때 외부 컨설턴트의 도움을 받긴 했지만 이렇게 공식적으로 전문가 자문위원회를 소집한 경우는 애디가 최초였다."[11] 이 A급 전문가로 구성된 팀에는 저명한 스미스소니언박물관의 큐레이터인 로니 번치, 하워드대학교 교수인 재닛 심즈-우드, 흑인 어린이문학 전문가인 바이얼릿 해리스 등이 포함되어 있었고, 이외에도 각계의 여러 전문가들이 합세했다. 그들의 제안과 추천으로 애디의 이야기는 노예제를 기반으로 했다. 그들은 미국 흑인 역사를 챕터북으로 삼았고, 프롤로그에서 노예제부터 설명해야 그 이후의 이야기들이 이해된다고 믿었다.

애디의 이야기는 스스로 노예제에서 탈출한 흑인 여성 메리 워커의 실화를 바탕으로 하고 있으며, 노예제의 공포와 탈출 과정에서의 용기를 담고 있다. 특히 이야기에 등장하는 개오지 조개껍질 목걸이라든가 가상의 필라델피아교회 같은 세부 사항에 대해서도 철저한 사실 확인을 거쳤다. 이렇게 신중한 토론과 노력 끝에 탄생했음에도 불구하고, 애디 인형은 온라인에서 상반된 반응을 얻으며 격렬한 논쟁을 일으켰다. 특히 애디가 막 출시되었을 당시 소녀들 사이에서 더욱 그랬다. "기가 막힌 사실. 아메리칸 걸이 나에게 노예 인형을 사라고 던져줬네!!!!!! 대체 왜 다른 아메리칸 걸은 자유인이면서 흑인 아메리칸 걸만 노예인 거지!" 누군가 트위터에 이렇게 썼다.[12] 어떤 이는 장난감 상거래와 노예 상거래가 비슷한 점이 있다는 사실을 지적했다. "내가 갖고 있던 애디 아메리칸 걸 인형을 팔고 싶었다. 하지만 탈출한 노예 인형을 이베이 경매에 내놓으려고 하니 기분이 묘하다.”[13] 그러나 애디를 옹호하는 사람들은 이 논란이 일어났을 때도 여전히 애디를 지지했다. “애디를 ‘노예 인형’이라고 부르다니 너무 심한 비하다. (…) 애디 책을 읽지도 않았고 아메리칸 걸 인형에 대해 알지 못하는 사람들이 하는 말이다. (…) #영원히애디longliveAddy” 한 트위터 사용자가 해시태그를 남겼다.[14]

어쩌면 플레전트컴퍼니의 가장 큰 실패는 두 번째 흑인 인형을 출시하기까지 너무 오랜 시간이 걸렸다는 것일지도 모른다. 애디를 작업했던 팀은 이 인형이 시작에 불과하다고, 이 인형이 포석이 되어 흑인들에게 중요한 또다른 역사적 순간, 이를테면 할렘르네상스 등으로 넘어갈 수 있으리라고 믿었다. 그렇게 한다면 흑인 소녀들도 백인 소녀들이 늘 그래왔던 것처럼, 다양한 흑인 캐릭터 중 자신의 성격과 개성에 말을 거는 인형을 선택할 수 있을 터였다. 하지만 안타깝게도 아메리칸 걸의 첫 세대에게 애디는 그들을 대표하는 유일한 선택지였다. 2011년에 이르러서야, 즉 애디 탄생 후 18년이 흘러서야 마텔사는 1800년대 뉴올리언스 캐릭터 세실을 출시했다. 그리고 2016년 세 번째 흑인 역사 인형인 인권운동 시대의 멜로디를 출시했다.

아메리칸 걸이 마텔사로 넘어간 후에도 애디 제작 시의 접근 방식은 고수됐다. 인형 론칭 전에 역사가, 박물관 큐레이터 등 전문 인력을 섭외하고 때로는 언어학자의 조언을 구하기도 했다. 이 회사가 출시한 미국 원주민 인형인 카야를 제작할 때는 네즈퍼스Nez Perce 부족으로 가정한 후 카야의 이야기와 외모에 관련된 모든 세부 사항을 그에 맞추었다. 카야의 사슴 가죽 드레스와 레이스 달린 모카신은 물론 미소까지도 네즈퍼스족이었다.

"카야는 앞니 두 개가 보이지 않는 유일한 아메리칸 걸이다."[15] 줄리아 로빈이 〈랙드Racked〉에 쓴 글에 따르면, 네즈퍼스 문화에서 이를 보인다는 것은 공격성을 드러내는 행위이기에 카야는 다른 라인업의 인형들과는 달리 이를 활짝 드러내고 웃지 않는다.

카야와 뉴멕시코주에 거주하며 스페인어를 사용하는 조세피나의 이야기는, 미국 역사가 동부 해안에 도착한 필그림 파더스와 함께 시작되었다는 메이플라워호 신화를 뒤집는다. 그러나 시간대가 의심스럽다. 에밀리 재슬로가 『아메리칸 돌을 갖고 놀기Playing with America's Doll』에서 지적했듯이, 그들의 이야기는 편리하게도 이들 커뮤니티와 백인 미국인들의 갈등이 일어나기 이전을 배경으로 하고 있다(각각 1764년과 1824년이다). 마텔사와 제작에 참여한 자문단에 따르면 이 지역사회가 번성했던 시기를 보여주고 싶었다고 한다. 이는 충분히 수긍이 가는 목표다. 하지만 업연히 존재했던 역사를 생략하고 밝은 모습만 보여주는 건 백인이 미국 원주민 집단 학살에 대한 이해나 설명을 회피할 수 있도록 만드는 게 아닐까? 어린이는 카야의 티피텐트나 조세피나의 십자가를 갖고 놀면서도 인종차별에 대해서, 문화를 말살하려고 했던 폭력적인 억압과 차별의 구조에 대해서는 배우지 않는다. 재슬로는 이민자이지만 백인 인형인 커스틴과 리베카는 미국 사회에 동화되면서 사용자들에게 더 친밀하게 다가오게 되었다고 말한다. 이 둘은 학교를 다니고 할리우드 영화를 보러 다니며, 계속 아웃사이더로 남아 타자로 여겨지는 카야와 조세피나와는 다른 행보를 보인다.[16]

그래도 여러 아메리칸 걸 캐릭터 사이에 공통된 요소가 있는데 모든 책이 이례적으로 특별한 소녀 Exceptional Girl의 이야기를 담고 있다는 것이다. 아메리칸 걸의 카탈로그에 자주 등장하는 단어들은

"투지가 있는" "용감한" "기백이 넘치는" 등이다. 이들의 서사는 개인의 해방만을 찬양한다. 역사 교수 마샤 샤트레인은 이 소녀들은 현실적인 면모보다는 "지속적인 특출함"을 보여주어야 한다고 말한다. "내 안의 역사학자는 소녀들의 '걸 파워' 서사가 약간 거슬린다." 샤트레인은 쓴다. "궁극적으로 이 책들은 한 명의 소녀가 혼자의 힘으로 변화를 만든 것처럼 보이게 만든다."[17] 그리고 소녀가-하루를-바꾼다는 서사는 집단보다는 개인에게 초점을 맞추는 인종적 사각지대라고 한다. 코아 벡은 『백인 페미니즘』에서 이렇게 썼다.

백인 페미니즘 이데올로기는 정복자 서사에 아무 무리 없이 편입된 후 그에 대해 별다른 생각을 하지 않게 만든다. 이들이 힘을 얻게 되는 기반이 하나같이 개인적이기 때문이다 (…) 많은 풀뿌리 운동의 특질들이 백인 페미니즘에게 무시당하곤 했는데, 이 풀뿌리 운동을 펼쳤던 다양성과 교차성이 무시당했던 이유는 이들이 개인의 발전보다는 집단의 권리를 더 중시했기 때문이다.[18]

호록스와 머호니 또한 이 개인의 펄리시티에게
이 시리즈의 '셰릴 샌드버그'라는 별명을 붙이기
도 했다. 샌드버그의 책『린 인Lean In』은 중상류층
자본주의 백인 페미니즘의 표본이라 할 수 있다.
"펄리시티는 본인이 원하는 것에 '린 인' 한다. 즉
뛰어든다. 무척이나 전형적인 '걸 파워' 스토리
다." 호록스는 말한다. "하지만 펄리시티는 자신
이 원하는 걸 얻기 위해 다른 사람에게, 이를테면
마커스(이 소설 속의 남성 노예)에게 얼마나 '기댔
는지는lean in' 전혀 이해하지 못하고 있다." 머호니
는 이렇게 마무리한다.[19] 사회문제는 이례적으
로 특별한 소녀에게는 그리 어려운 난관이 되지
않는다. 그 소녀는 마음속으로 결정해버린다. "차
별은 일시적인 현상일 뿐이고 개개인의 경험이며

　　　　　　　　　　　　　　　　　　

그렇기에 개인적으로 해결해나가면 된다."[20] 이 비범한 이들은 이 사회의 구멍을 찾을 때만큼은 개인적인 문제에서와는 달리 충분히 "투지 넘치고" "기백 있지" 못하다.

인형의 서사에는 여러 허점이 있지만 그럼에도 불구하고 한 부문에서만큼은 눈에 띄는 성공을 거두었다. 소녀들이 역사에 관심을 갖게 만든 것이다. 나의 어린 시절만 해도 역사란 남성에 의한 남성을 위한 남성적인 과목처럼 보였다. 역사책을 펴면 전쟁과 갈등의 서사만 가득했고, 건국의 아버지와 탐험가가 주인공이었다. 우리집 놀이방에는 타임라이프 출판사에서 펴낸 '옛날 옛적 서부 이야기Old West' 시리즈 전집이 꽂혀 있었다. 표지 그림에서는 항상 리바이스 청바지를 입은 남자들이 말을 타고 술집에서 총을 쏘고 맨손으로 사자와 싸웠다(마치 누구나 그럴 수 있는 것처럼). 책 제목 또한 『군인 이야기』『개척자』『광부』 등이었는데, 제목만 훑어도 누구의 삶이 기록할 가치가 있다고 여기는지 쉽게 짐작할 수 있었다. 아메리칸 걸은 가정생활, 즉 여성의 삶 또한 역사라는 사실을 보여주면서 테스토스테론 중심의 역사관을 확장시켰다. 그 시절의 침대, 머리빗, 드레스는 그저 단순한 장신구가 아니라 사료였고, 이 지식이 곧 역사라는 사실은 나의 역사에 대한 관심을 북돋워주었고 내 삶 자체에 중요성을 부여하기도 했다.

이 아메리칸 걸 책들이 여성들의 역사 분야 진출에 얼마나 큰 기여를 했는지는 아무리 강조해도 지나치지 않다. 언젠가 호록스와 머호니는 미국 공공역사협의회의 패널로 참여해 아메리칸 걸 책이 진로에 중요한 역할을 했다고 생각하는 사람은 손을 들어달라고 했다. 그곳에 있던 모든 사람이 손을 들었다.

이런 이유로 일부 팬들은 역사 인형이 점차 사라지는 현상을 아쉬워하고 있다. 지난 10년 동안 이런 인형 중 상당수가 '보존 자료'가 되었다. 인형들에 딸려 있던, 캐릭터가 살았던 물질적 세계에 맥락을 부여했던 액세서리들이 단종되기도 했다. 그 결과 인형들은 이제 주인 소녀들 캐릭터보다는 모두의 친구 같은 느낌의 인형이 되었다. 이 회사는 초점을 바꾸어 모든 자원을 '트룰리 미' 라인에 집중적으로 투자하기 시작했다. 루빈은 쓴다. "모든 지표에서 트룰리 미가 앞서가고 있다. 물론 아메리칸 걸은 이에 동의하지는 않았을 것이다."[21] 아메리칸 걸 매장의 진열과 웹사이트의 배치만 봐도 변화를 알 수 있는데, 매장 1층과 홈페이지의 첫 페이지가 새로운 라인으로 채워지고 있다.

신흥 강자로 부흥한 트룰리 미는 어떤 인형일까? 이는 커스터마이징 주문 제작, 즉 내 맘대로 인형 만들기build a bear 콘셉트의 인형이다. 고객은 직접 인형의 눈 색깔, 머리색, 피부색은 물론 안경, 휠체어, 치아 교정기까지 여러 외모적 요소를 선택해 자신과 쌍둥이처럼 닮은 인형을 만들 수 있다. 많은 어린이와 부모에게 이 인형은 대표성의 최종 승리라고 할 수 있다. "어떤 인종, 어떤 성별,

어떤 연령도 소외되는 일이 없습니다. 이 인형은 모두에게 적용되는데 사실 이런 일이 드물다고 할 수 있죠. 각 개인에게 어필할 수 있고, 모든 소녀가 상당히 만족하죠." 한 엄마가 이 인형을 극찬한다.[22] 기업 차원에서도 3년에 한 번씩 역사를 연구하고 시대에 발맞춰 용어 등을 바꾸는 것보다, 단순히 인형의 색상을 조절하면서 대표성을 높이는 편이 훨씬 더 수월할 것이다.

다만 주문 제작 인형에는 스토리라인이 부족하다. 처음에는 여섯 권의 무지 노트가 한 세트로 들어 있어 소녀들이 이야기를 직접 쓰게 했는데―이 인형이 자기와 똑같은 외모의 인형이다보니 자신의 이야기를 쓰는 것이다―얼마 후에는 노트 제공도 사라졌다. 또한 마텔사는 매년 현대를 살아가는 캐릭터 중 하나를 뽑아 '올해의 인형'을 출시하는데 그 안에는 현대를 배경으로 한 책이 들어 있다.

트룰리 미와 올해의 소녀 인형에는 많은 것이 빠져 있다. 물론 장난감에 반영된 나 자신을 보는 일에도 큰 힘이 있고 그 가치를 무시해서는 안 되지만, 우리 선조들의 이야기를 아는 것에도 큰 힘이 있다. 때로는 자신에 대한 이야기는 뒤로 두고 내 이야기와 분리된, 완전히 다른 누군가의 경험을 따라가는 것 또한 매우 중요하다. 특히 그것이 소외계층의 이야기라면 더욱 그러할 것이다. 때로는 역사 인형을 비판했던 사람들까지도 트룰리 미라는 대체품에 탐탁치 않은 눈길을 보내고 있다. "이 회사는 놀라울 정도로 과거 소녀 이야기를 하는 데에는 관심이 없고 현대의 소녀들이 탐닉하는 것에 대해서만 이야기하고 싶어한다." 샤트레인은 말한다.[23] 알렉산드라 페트리는 〈워싱턴 포스트〉에 기고한 공개서한에서 근래 출시된 올해의 소녀에 딸려오는 이야기 줄거리를 강력하게 비판한다. 이 이야기들이 대체로 수영장, 승마, 골든리트리버가 있는 삶에 대해서만 말한다는 것이다.

"정말 살아 있는 이야기가 단조롭고 특징 없는 얼굴로 대체되고 있다. 우리와 똑같이 닮은 인형. 이것이 정말 우리가 원하는 것일까? 이 회사에서 그리는 소녀의 이미지 또한 당황스럽기 그지없는데 특혜 속에서 살아가는 소녀들의 일상에는 근심이라곤 없다 (…) 소녀들의 삶에는 모험도 없고 위기도 없다. 거친 부분은 모두 깎여나가고 실제 있을 수 있는 위험은 배제해버린다."[24]

이런 양상은 이 회사의 이상한 모순을 암시하기도 한다. 저널리스트 크리스토퍼 보렐리는 아메리칸 걸 본사 투어를 하던 중 이 브랜드는 정치를 피한다는 말을 듣는다. 물병을 들고 있으면 환경운동을 상징할 수도 있어 물병을 든 인형을 판매하지 않을 정도라고 한다.[25] 그러나 역사 인형은 우리의 현재가 과거의 정치와 무관할 수 없다고 말하고, 인종 분리 정책이라든가 제국주의 통치라든가 노동 관행에 대해 의문을 제기하는 매체이기도 하다. 인권운동 시대 인형인 멜로디의 이야기 중에서도 멜로디가 이런 이야기를 듣는 장면이 나온다. "우리는 정의를 위해 싸워야 하고, 이를 하기에 너무 젊거나 늙은 나이란 없어요." 만약에 이런 이야기를 읽게 된다면 이 캐릭터의 현대 버전 또한 지역사회에서 인권운동을 하거나, 흑인의 생명도 소중하다고 말하는 시위에 나갈 것이며, 기후변화와 관련된 규제 정책에도 적극적인 관심을 표할 것이다. Z세대는 행동주의로 정의되는 세대로, 그레타 툰베리는 UN에서 연설하고 어린이들은 틱톡에 인종차별 동영상을 게시한다. 하지만 아메리칸 걸은 이런 사회문제에는 침묵하고 있다. 이 회사는 과거의 사회운동만 강조하고, 현재에도 여전히 일어나고 있는 사회변혁을 위한 움직임은 생략한다. 이 같은 방식으로 기존의 정치적 입장을 고수하며, 인종차별 같은 사회문제는 과거의 일이라는 보수적인 관점을 퍼트리고 있다.

2021년 5월, 이 회사가 여섯 개의 한정판 오리지널 인형을 재출시한다고 했을 때 팬들은 환호했다. 팬들은 그간 펠리시티, 커스틴, 몰리, 서맨사, 애디, 조세피나를 다시 출시해달라고 청원했고 그들의 싸움은 승리로 끝난 것이다.[26] 그러나 역사와 인형을 사랑하는 사람으로서 나는 잠시 고민에 빠진다. 단순히 과거에 출시된 여섯 개의 제품과 동일한 인형과 동일한 스토리로 돌아가지 말고, 두 가지 방법을 융합했으면 어땠을까? 즉 이후에 인형의 외모를 주문 제작할 수 있게 한 것처럼, 여러 역사적 변수도 주문 제작이 가능한 맞춤형으로 접근했다면 어땠을까? 호록스와 머호니는 팬픽션을 이용하면 그렇게 할 수 있다고 주장했다. 그들이 불공평함을 시정할 수 있는 수단으로 팬픽션을 선택한 이유가 있다. “우리가 보는 대다수의 콘텐츠가 남성의 시각으로 만들어져 남성이 집필하고 감독하고 촬영했으며 대부분 백인 이성애자의 작품이다.” 작가 엘리자베스 밍켈은 팬픽션이라는 장르를 이런 면에서 높이 산다. “팬픽은 여성과 소외된 집단에게 관점을 전복하고 이야기를 건설하고 그들만의 방식으로 캐스팅할 기회를 준다.”[27] 그들의 첫번째 시도는 펄리시티 이야기였다. 이들은 펄리시티 이야기로 보다 만족스러운 결말을 만들고, 과거 책에서 엿보였던 인종 문제를 되짚기도 했다. 호록스가 제안한 이야기에서는 펄리시티의 전 라이벌이었던 애나벨이 주인공이 되어 줄거리를 바꾼다. 애나벨은 어릴 적 고향으로 돌아가 펄리시티에게 농장을 사서 그 농장의 노예들을 해방시킨다.[28]

아메리칸 걸 다시 쓰기의 또다른 방식을 알고 싶다면 인스타그램 계정 @iamexcessivelydollverted을 찾아가면 된다. 역사학자 레베카 루빈의 계정으로 아메리칸 걸 인형에게 새로운 시나리오를 더한다. 그녀는 이 인형에 셜리 그레이엄 두보이스,

메리 처치 테럴, 애나 줄리아 쿠퍼의 옷을 입히기도 하고 실제 혹은 상상 속 페르소나를 만들어 이야기를 짓기도 한다. 이야기 주제는 금주법, 평등권 수정안ERA, 중국인 배척법 등으로 캡션이 붙어 있다. "당신이 좋아하는 인형이 정치적인 면에서 문제가 있다면 이제는 새로운 취미를 만들어보세요." 그녀는 팔로워들에게 직접적으로 말한다.

아메리칸 걸은 역사와 고객 맞춤화를 교차하지 않고 다른 교차로를 선택했는데, 과거와 현재의 기묘한 교차점을 만든 것이다. 최신 역사 인형 중 하나인 코트니는 1980년대 백인 소녀로 "자기 중심주의 세대Me Decade"의 기술과 대중문화를 기념하는 캐릭터이다. 이 인형은 젊은 엄마들에게 향수를 불러일으키기 위해 제작되었다고 볼 수도 있지만, 무언가 미묘한 일이 일어나고 있는 느낌이다. 이 인형 코트니는 오리지널 아메리칸 걸이 출시되었던 그 시기에 존재했다고 말하면서 아메리칸 걸 인형 자체를 미국 문화사 속에 위치시켰고, 이 아메리칸 걸 인형에 문화사적 의미를 더했다. 다시 말해 아메리칸 걸 인형은 자기 스스로를 미국 경험의 중요한 일부로 신화화하고 있다고 할 수 있다. 코트니 인형은 1986년에 나왔던 아주 작은 몰리 인형과 책을 소장하고 있으며 이는 역사의 막다른 골목cul-de-sac을 만들어버렸다. 한 트윗은 코트니와 몰리에 대해 말한다. "역사가 스스로를 따라잡았다. 사이클이 완성되었다. 우로보로스가 제 꼬리를 삼켰다."[29]

*

10년 전쯤 조카 에린의 생일선물을 사기 위해 뉴욕시 5번가에 있는 아메리칸 걸 플래그십 스토어에 간 적이 있다. 회전문을 열자 여러 층에 걸쳐 카페, 미용실, 인형 병원이 있는 인형들의 메트로폴리스가 펼쳐져 있었다. 우리는 〈해피 버스데이

투 유〉 노래가 끊임없이 배경음악으로 흐르는 카페에서 점심으로 모차렐라 스틱과 초콜릿 무스를 먹으며 에너지를 충전한 다음, 새로운 원더랜드를 탐험하기 위해 나섰다. 어떤 인형은 미용실에 앉아서 프렌치 브레이드와 스페이스 번 같은 정교한 머리모양으로 바꾸고 있었다. 어떤 인형은 주인과 커플 네일을 받고 있었다. 어떤 인형은 귀걸이나 동그란 컵케이크 모양의 가방 등 새로운 액세서리를 착용하는 중이었다. 이때 시소처럼 오르락내리락하며 인형 도시를 채우는 건 소녀들의 비명소리였다.

"어머 어떡해! 우와 이거 봐! 엄마! 이 인형 파자마 좀 보세요! 진짜 귀엽다!" 한 소녀가 외쳤다.

이 모든 광경 중에서 가장 돋보이는 공간은 미

니 박물관으로, 스미스소니언박물관의 박제 디오라마를 연상시켰다. 이전 방에서 나왔던 감탄과 비명소리는 이 방으로 들어가면 바로 수그러들고 속삭임으로만 변했다. 소녀와 보호자가 유리에 보존된 역사 인형을 지나고 있어서였다. 벽에는 인형의 제작 날짜와 배경이 설명되어 있었고, 이 인형 모두 고대 유물처럼 다루어지고 있었다.

전시에서 나는 아메리칸 걸 인형이 탄핵당하지 않고 주권을 굳게 지키는 모습을 본다. 이것이 미국인의 역사입니다. 이 방에서는 영화 광고 성우의 목소리로 내레이션이 흐를 것만 같았다. 하지만. 하지만. 이 인형 책들이 나에게 가르쳐준 것은 무엇인가? 인형들, 인형 옷들이 전시된 방, 쇼핑 공간들, 파자마에 흥분하는 어린 소녀들. 이 모두는 만들어진 역사다. 모든 것이 옛날 옛적 서부 이야기 시리즈에서 본 총잡이와 그 책들이 빠뜨리는 함정과 유사하지 않을까? 어쩌면 이 전시실이 이토록 진지했던 이유는 전시된 인형이 소녀 문화를 조명하고 기념하고 있기 때문인지도 모른다. 소녀 문화는 너무나 자주 교과서의 각주라는 마룻바닥에 떨어져 있었다. 여기서 내가 희망할 수 있는 건 우리가 또다시 역사를 지으면서 또다른 몬티셀로를 건설하는 것만큼은, 즉 백인만의 세계, 개인주의 가치만 살아 있는 세계를 만들지 않는 것, 망치로 문틀을 두드리고 넓혀서, 모든 소녀가 들어갈 수 있는 충분히 넓은 문을 내는 것이다.

놀이 일지 #4

이제까지 우리의 인형에게 옷장을 선물하고 의식도 심어주고 친구도 만들어주었다. 이제 우리의 인형에게 직업을 주면 어떨까? 미리 걱정하지 말 것. 우리의 숙녀는 공장에 취직하거나 교사가 되거나 비서가 되지는 않을 것이다. 우리는 출퇴근 도장을 찍지 않고 일을 놀이처럼 대한다. 우리 인형의 직업은 상상할 수 있는 한 가장 재미있는 직업이다. 연일 아름다운 드레스를 입고, 성대한 파티와 중요한 행사에 참가하며, 전 세계의 이목을 집중시킨다. 유명 배우라면 어떨까? 가수도 좋다. 어쨌든 무대에 서는 사람이라면 좋겠다. 어떤 재능을 갖고 있건 우리의 소녀는 스타다. 그녀를 위해 화려한 무대를 만들어보자.

인형

무대에서는 열광하는 팬들을 만난다. 박수갈채가 쏟아지는 그곳에서 우리의 주인공은 사랑스럽고도 겸손하게 "너무 친절하세요" "영광이에요, 감사합니다"라고 인사한다. 장미꽃이 무대조명 위로 던져질 때 가슴에 손을 얹고 허리를 깊게 숙여 인사를 할 수도 있다.

그녀의 성공과 커튼콜을 그리는 일이 지루해졌다고? 그녀의 몰락을 상상해보면 어떨까? 그녀 옆에 질투심 많은 애인이 있을 수도 있고, 그녀가 아편중독일 수도 있고, 그녀를 이용하는 프로듀서 캐릭터를 넣을 수도 있다. 최고의 명예와 인기를 누리다 추락하는 여인의 이야기를 좋아하지 않는 사람이 어디 있겠는가?

4. 영원히 산다는 것:

유명인 인형

당신이 가장 좋아하는 비틀스 멤버는? 가장 좋아하는 스파이스 걸스는? 다음 둘 중 어디에 더 마음이 가는가? 매릴린인가 재키인가? 애니스턴인가 졸리인가?

유명인에 관해서 이야기하다보면 많은 사람이 유명인을 자신의 정체성을 정의하는 수단으로 사용하거나, 자신을 경쟁 연예인의 팬덤과 구분하려 한다는 사실을 알 수 있다. 적어도 나는 그런 편이었다. 나는 확신의 포시 스파이스*파였다. 내게 진저 스파이스†의 장점들을 나열하며 그가 더 괜찮

* 스파이스 걸스의 멤버 빅토리아 베컴의 애칭.
† 스파이스 걸스의 멤버 제리 할리웰의 애칭.

지 않냐고 말할 생각은 하지 말기를. 또한 나는 언제나 오드리 헵번의 열렬한 팬으로, 할리우드의 전형적인 금발 글래머 미녀보다는 눈이 크고 인형처럼 깜찍한 갈색 머리 배우에게 끌리는 편이었다. 그리고 어쩌다보니 오드리 헵번 인형 두 개를 갖게 되었고 이 점이 나에 대해, 나의 어떤 성향에 대해 무언가 말해준다고 생각했다. 어느 정도는 그랬다고도 할 수 있다. 내가 약간 새침하고, 흑백 고전영화와 상큼발랄한 팝송을 좋아하는 소녀라고 짐작했다면, 아마 그 짐작이 맞을 것이다.

하지만 유명인과 자신의 정체성을 연결하려고 할 때, 특히 어린 소녀들이 자신과 유명인의 정체성을 연결하려고 할 때, 선택할 수 있는 유명인이 얼마나 될까? 결국 스타의 반열에 오르는 사람은 소수이고, 인형으로 만들어지는 단계까지 가는 연예인은 그보다 더 극소수다. 시간이 흐르면서 우리가 인형으로 전환시키는 스타에 대한 공식 비슷한 것이 생겼다. 스타들은 몇 가지 기준을 갖고 있다. 보통은 우리가 어린 소녀들이 받아들이고, 재생산하기를 바라는 기준들이다. 또한 스타들은 여성적 아름다움과 그 아름다움의 수명에 관한 경제학적 의미를 공부하게 만든다.

최초의 셀럽은 왕족이었고 우리가 만난 최초의 셀럽 인형도 왕족이었다. 일본의 히나마츠리 축제를 생각해보자. 17세기 에도시대부터 시작되어 오늘날까지 이어지고 있는 이 축제는 3월 3일에 일본 전역에서 열리는데 '여자아이의 날' 혹은 '인형의 날'이라고도 불린다. 이날 일본의 많은 가정에는 정교하게 제작된 미니어처 황실 가족을 위한 레드카펫이 펼쳐진다. 붉은 천으로 덮은 계단식 단상인 히나의 단 위에 여러 종류의 황실 인형이 전시된다. 천황과 황후는 가장 윗자리인 첫 단에 앉아서 다른 인형들을 굽어보고 있다. 두번째 단에는 세 명의 궁녀가 있다. 세번째 단에는 남성 궁중 악사들이 있고 네번째 단에는 궁정 경호 무관들이 있다. 마지막 단에는 관청의 잡역부들이 있고 그다음 단에는 장난감 사이즈의 생활용품들—가구, 차 세트, 작은 소달구지 등—이 놓여 있다. 이 인형들은 가보와 같은 수준의 작품으로 굉장히 고가이며, 보통의 가정에서는 꼭 필요한 기본 세트 두 개 정도만 구입할 수 있다. 기본 세트는 언제나 똑같은 한 쌍, 천황과 황후 세트다. 황실 부부는 에도시대에도, 또 인형으로서도 사회의 중심으로 큰 존경과 사랑을 받고 있다.

유럽인도 자신의 왕족을 인형으로 만들었는데 특히 빅토리아 여왕은 인형이 될 자격과 가치가 넘치는 인물이라 할 수 있었다. "이 인형의 탄생 배경은 대영제국의 왕위를 물려받을 젊고 어여쁜 여성과 당시 크게 발전한 밀랍 인형 제작 기술의 행복한 조합이다." 영국 역사가이자 작가인 앤토니아 프레이저는 인형의 역사를 다루며 빅토리아 여왕 인형에 대해 이렇게 말했다. 프레이저는 빅토리아 여왕이 권력을 잡으면서 여왕의 인형 제작도 훨씬 더 탁월한 수준으로 발전했다고 설명한다. "빅토리아가 여왕으로 즉위하기 전에도 어린 빅토리아 공주의 인형이 제작되곤 했다. 그러나 화려한 대관식 이후 그녀의 이미지를 딴 수많은 그림과 조각과 인형 등 다양한 작품이 만들어졌다."[1] 빅토리아 여왕이 가진 요소—젊음, 미모, 왕위 계승—가 이상적인 유명인 인형의 핵심적 요소가 된다.

오늘날 우리의 찬양과 선망은 귀족이나 왕족을 향해 있지 않다. 그보다는 가수나 배우가 유명세라는 왕좌 중 가장 영광스러운 자리를 차지하고 있다. 이러한 변화에 일조한 사람은 19세기 흥행 제조기이자 서커스단장이었던 P.T. 바넘이다. 1950년 그는 자신이 가진 홍보 수단을 최대한 동원하여 스웨덴의 오페라 가수 제니 린드를 미국의 관객들에게 소개하기로 마음먹었다. 그는 오페라가 대중에게 너무 이국적이고 고급스러운 장르라는 사실을 이해하고, 이 가수를 따사로운 마음을 지닌 이타적인 가수로 소개하며 '스웨덴의 나이팅게일'이라는 별명을 붙이기도 했다.[2] 천사 페르소나에 천상의 목소리가 더해지면서 린드는 가는 곳마다 대성공을 거두었고 그녀의 이미지는 밀랍 인형, 접시, 종이 인형 등으로 제작되었다. 린드의 '착한 소녀' 캐릭터는 인형으로 만들어 어린 소녀들에게 안겨줄 수 있는 스타의 원본이 되었다. 사랑스러움과 아름다움에 더해 겸손함까지 겸비하고 있어서였다.

영화 초창기에는 값싼 가격에 얻을 수 있는 종이 인형도 대중들에게 즐거움을 선사했다. 1919년 무성영화 배우 노머 탈매지와 엘시 퍼거슨은 초창기

영화팬들을 위한 잡지 〈포토플레이〉에 2D 그림으로 실렸는데, 이는 종이 인형 패키지가 되기도 했다. 잡지 밖에서는 전설적인 무성영화 배우이며, 미국의 원조 연인으로 불렸던 메리 픽퍼드가 최초로 자신의 이미지를 인형으로 만들었다. 픽퍼드는 주로 순수하고 청순한 소녀 역할로 유명했는데, 스물다섯 살에도 〈리틀 리치 걸〉이라든가 〈서니브룩 팜〉 같은 영화에 어린이 역으로 캐스팅되기도 했다.[3] 픽퍼드는 스크린 밖에서는 영리한 사업가로, 자신을 본뜬 인형이 황금알을 낳는 거위가 될 수도 있음을 알았다. 하지만 자신의 모습을 잘 표현한 인형을 찾아내기까지는 오랜 시간이 걸렸고, 무려 60개의 모델을 거절하고 나서야 크리스티안 본 슈네이다우가 조각한 비스크 모형으로 결정했다.[4] 어쩌면 픽퍼드의 허영 때문이었을 수도 있지만, 어쩌면 언제나 자신의 이미지를 의식했던 픽퍼드가 다음의 진실을 포착했을 수도 있다: 연기 경력이 끝나더라도 이 인형들은 그녀 영화의 바디 더블로 오랫동안 살아남을 것이다. 픽퍼드의 '착한 소녀' 연기에는 대항마도 있었다. 영화 속에서 주로 섹시한 악녀 역할을 담당한 시다 바라였다. 시다 바라에게는 '뱀파이어The Vamp'라는 별명이 따라다녔고, 노출이 심한 의상과 거짓말이긴 하지만 이집트 출신이라는 배경도 있었기에 어린이에게 적당한 캐릭터라고는 할 수 없었다. 결국 픽퍼드만이 도자기 인형으로 만들어지고, 인형 롤 모델이 되어 어린이의 손에 들어갔다.

메리 픽퍼드 인형도 성공을 거두긴 했지만 셜리 템플 인형의 기록적인 히트와는 비교할 수 없다. 셜리 템플 인형은 장난감계에서 일어난 튤립의 광기였다고 할 수 있다. 셜리 템플은 세 살 때 로스앤젤레스의 한 댄스 스튜디오에서 머리를 올려 묶은 채 토슈즈를 신고 무용을 하고 있을 때 관계자들에게 발견되었다. 1932년에는 〈베이비 벌레스크〉라는 제목의 단편영화 시리즈에 캐스팅되었다. 각각의 영화는 전형적인 영화 장르 패러디로 뉴스를 소재로 한 드라마, 하루아침에 가난뱅이에서 부자가 된 이야기, 〈타잔〉의 아류작 등이었다. 다만 한 가지 차이점은 모든 배역을 어린이가 맡았다는 점이었다. 그러다보니 아직 어린이인 셜리 템플이 나이트클럽 가수를 연기한다거나 이중간첩, 혹은 매춘부 같은 섹시한 여자 역할을 맡게 되었다. 심지어 어떤 영화에서는 템플이 기저귀를 차고 유혹적인 춤을 추고, 어린이 군인들이 그 모습을 훔쳐보는 등의 매우 불편한 장면도 있었다. '벌레스크' 영화들은 아동학대적이었을 뿐 아니라 셜리 템플의 매력을 살리는 데 실패했다. 뭐니 뭐니 해도 템플의 매력은 어른들의 이해관계나 현실적 고민에서 벗어난, 순수함과 달콤함이었기 때문이다.

그러다 1934년 영화 〈일어나서 응원하라! Stand up and Cheer!〉에서 셜리 템플은 관객의 욕구를 충족시키고 매력을 극대화할 수 있었다. 예술이 현실을 모방한 경우로 이 영화는 대공황 시기에 국민의 사기를 고취시킬 수 있는 줄거리였고, 중간에

춤과 노래가 들어간 보드빌 장면이 나온다. 코러스 소녀들이 나와 빙글빙글 돌면서 노래하고 춤을 추다, 곧 러플 드레스를 입은 인형들이 스크린을 가득 채운다. 그리고 인형들의 대열이 흩어지고 템플이, 즉 살아 있는 인형이 등장한다. 마침내 이 영화에서 템플은 자신의 나이에 어울리는 역할을 맡았다. 템플이 신나게 탭댄스를 추다가 아빠의 윗옷자락을 잡아당기면, 아빠가 셜리를 들어올려 뺨에 키스한다. 이때 노래〈베이비 테이크 어 바우 Baby Take a bow〉가 점점 커진다. 템플의 바로 이 영화 속에서의 버전, 이제 곧 폭발적인 인기를 얻게 될 세상에 둘도 없는 깜찍한 아역 스타의 모습은 그해 아이디얼토이와 노벨티컴퍼니가 상품으로 만든 최초의 셜리 템플 인형이었다.

이후 셜리 템플이 영화에서 맡은 역할들은 한마디로 인간 큐피라고 할 수 있었다. 다시 말해 셜리 템플의 임무는 어깨가 축 처진 사람들에게 용기를 불어넣어 그들을 일으켜 세우는 것이었다. 대공황이었기 때문에 어깨가 축 처진 사람들이란 모든 국민이라고 할 수 있었다. 세상에서 가장 아리땁고 마음씨 착한 소녀가 사람들을 즐겁게 해준다는 판타지는 어린 소녀들에게 종종 강요되는 것이다. 이는 소녀에게 자율성과 모험을 주는 환상이 아니라 소녀를 봉사하게 만드는 환상이다. 그러나 이 전형적인 역할 연기에도 분명히 힘이 있었다. 실업률은 25퍼센트에 달하고 하루하루 노숙자가 점점 증가하고 있던 최악의 경제 침체기 속에서는 모든 이에게 따뜻한 위로가 절실했다. 그리고 당시 템플이 무엇을 하든, 봉봉 사탕이 얼마나 맛있는지 노래하는 〈굿 십 롤리팝〉을 부르든, 흑인 보드빌 배우 빌 '보쟁글스bojangles' 로빈슨에게 계단에서 탭댄스를 배우든, 템플이 전하는 건 희망과 위로였다. 프랭클린 루스벨트 대통령마저도 템플의 귀여움이 뚝뚝 떨어지는 얼굴과 탱글탱글한 곱

슬머리가 미국 경제회복에 반드시 필요하다며 그녀를 "리틀 미스 미라클"이라 부르기도 했다.[5]

그 당시에는 영화 관람이란 집 외부에서만 할 수 있는 활동이었지만, 셜리 템플 인형을 사면 밝고 환한 기운을 집까지 가져갈 수 있었다. 이것이 얼마나 거부하기 어려운 유혹이었는지는 결과로 나타났다. 최악의 경제 침체 속에서도 셜리 템플 인형 판매는 고공 행진을 기록했고 1935년에 팔린 인형 전체의 판매량 중 3분의 1을 차지했다.[6] 어마어마한 성공을 거둘 수 있었던 핵심적인 이유 중 하나는 템플이 영화에서 이미 인형이었다는 점이다. 〈딤플〉〈컬리 톱〉〈브라이트 아이즈〉처럼 영화의 제목이나 셀링포인트 자체가 셜리 템플의 인형 같은 외모를 전시하는 카탈로그와도 같았다.

댄스 넘버에서도 셜리 템플은 인형처럼 들어올려지고 빙글빙글 돌려진다. 그녀는 영화의 모든 장면에서 다양한 베이비돌 원피스를 입었고, 머리는 늘 같은 곱슬머리로 고정되어 있었다. 코르크 따개처럼 꼬불꼬불한 이 완벽한 컬은 사실은 가발이라는 소문도 있었다. 템플을 직접 만난 팬들은 소문을 확인하기 위해 머리를 잡아당겨보기도 했으니, 마치 그녀의 실제 몸 또한 공장 생산 라인에서 나온 인형으로 보는 것만 같았다.[7]

스타를 원하는 대중의 취향은 점차 범위가 넓어졌다. 할리우드 스타만을 비추던 조명이 꺼지고 새로운 종류의 유명인에게 관심을 보내는 일이 생겨났다. 먼저 재능과 매력으로 얻는 명성이 있었고―영화배우의 경우―출생으로 인해 저절로 얻는 명예―왕족―가 있었다. 여기에 더해 20세기 초반에 완전히 새로운 유형의 세번째 스타들이 등장했으니, 바로 언론이 만들어낸 인기인이었다.[8] 이 장르를 개척한 이들이 카다시안 가족이라 생각했을 수도 있겠지만 그들보다 한참 전에, 무려 70여 년 전에 이 장르의 선구자가 있었으니 바로 디온가의 다섯쌍둥이quintuplets였다. 1934년 캐나다 온타리오주에서 태어난 다섯쌍둥이는 저체중이었지만 모두 건강하게 살아남았고, 당시에는 기적 같은 일이라 언론에 대서특필되었다. 이 다섯쌍둥이 소녀들 또한 셜리 템플과 마찬가지로 대공황 시기에 대중의 주목을 받았고, 현실에 지친 사람들에게 희망과 복음을 전달하는 역할을 했다. 시장에는 다섯쌍둥이 관련 인형이 쏟아졌고 그중에는 마담알렉산더에서 출시한, 벤치처럼 긴 흔들의자에 아기 인형 다섯 개를 나란히 앉혀놓은 세트도 있었다. 1935년 캐나다 정부는 부모의 착취에서 아이들을 보호한다는 명목으로 다섯쌍둥이의 양육권을 가져갔고, 주정부는 디온 다섯쌍둥이 법을 제정하여 아이들이 18세가 될 때까지 공식적으로 아이들에 대한 권한과 책임을 맡았다. 하지만 주정부에 넘겨진 후 이 어린아이들이 생활하던 집인 '퀸트랜드'는 유명 관광지가 되었다. 다섯쌍둥이는 마치 동물원처럼 꾸며진 관광지에서 1943년까지 10여 년간 대략 300만 명의 관광객을 불러모았다. 전성기 시절에 퀸트랜드는 거의 나이아가라폭포에 버금가는 관광지로 부상했다.[9] 디온가의 쌍둥이 소녀들은 원조 리얼리티 TV 스타라고 할 수 있는데, 이들의 일거수일투족이 대중의 오락이었다.

다섯쌍둥이 인형과 셜리 템플 인형이 시장에서 대성공을 거둔 시기는 라디오와 영화라는 대중매체의 발전과 맞물렸고, 판매자가 어린이에게 직접 말을 걸면서 환상을 충족시켜줄 수 있었다. 이전의 장난감 회사들은 〈레이디스 홈 저널〉이나 〈부모parents〉 잡지에 어른들이 볼 수 있는 광고를 내어 인형의 교육효과나 인성 함양의 측면을 강조해야 했다. 하지만 어린이들과 직접 소통하는 길이 열리면서 가장 중요한 마케팅 포인트는 스타 파워가 되었다. "당신의 제품을 스타와 연결하세요.” 한 장난감 바이어는 대공황 시기에 가격 인하를 피하기 위해서는 이 방법밖에 없다고 강조하기도 했다. 어린이에게 장난감이란 그저 갖고 놀기 위한 도구라기보다는 공상의 세계로 가는 비행기 티켓이라 할 수 있었다.[10]

이들의 성공으로 현대의 유명인 인형 시대가 열렸다. 인형 회사 마담알렉산더는 이 이상을 충실히 따라서 영화배우 제인 위더스와 마거릿 오브라이언의 인형을 출시했고, 노르웨이의 피겨스케이팅 올림픽 금메달리스트이자 은막의 스타인 소냐 헤니 인형도 출시했다. 이 인형 중 그 무엇도 셜리 템플의 아성을 뛰어넘지는 못했지만, 괜찮은 수익 모델로 명맥을 유지할 수는 있었다. 하지만 이때까지 이 인형 사이에서 볼 수 없었던 유형은 유명한 유색인이었다. 할리우드의 황금시대에는 유색인 여배우들을 캐스팅할 때도 인종적 고정관념을 바탕으로 했다. 먼저 흑인의 경우에는 해티 맥대니얼처럼 하녀나 매미* 역만 주어졌다. 최초의 중국계 배우 애나 메이 웡은 항상 매혹적인 드래곤 레이디† 역할만 했는데, 바라의 뱀파이어와 같은 이유로 인형으로 만들어지기에는 적절하지 않았다. 인권운동 시기에 이르러서야 업계에서 유색인을 대표하는 방식이 개선되었고 1969년에 마텔사는 줄리아를 출시했다. 인기 높았던 TV 드라마 〈줄리아〉에서 다이앤 캐럴이 연기한 줄리아 베이커를 모델로 한 것이었다. 장난감 회사들은 유색인 연예인을 인형으로 제작하는 데는 한발 느렸지만, 그래도 트위기나 셰어 같은 백인 아이콘 인형을 선보이면서 1960년대와 1970년대의 새로운 반문화를 반영하기도 했다. 오늘날 레드카펫에 오

* 흑인 유모의 인종적 스테레오 타입. 백인 가족을 헌신적으로 돌보는 여성의 미화화로, 노예제 역사를 가리는 이미지다.

† 무자비하고 사악한 힘을 사용하는 글래머 여성.

르는 유명 여배우들의 바비 인형도 제작되곤 하는데 케이티 페리, 하이디 클룸, 젠데이아 등이 바비 인형으로 만들어졌다.

내가 처음 오드리 헵번 인형을 샀을 때는 왜 이렇게 이 인형이 탐났는지를 정확히 설명할 수가 없었다. 그러나 이제는 보인다. 유명인 인형이 소녀들에게 이제까지의 다른 인형에게는 없었던 흔치 않은 가치를 전달하고 있어서다. 바로 해방이다. 다른 여자아이 장난감에는 집안 살림이라든가 육아 같은 보이지 않는 노동이 내포되어 있다. 수지 주방 놀이 오븐 세트라든가, 장난감 버전의 비쎌 카펫 청소기라든가, 우유를 먹이는 벳시 웻시Betsy Wetsy 인형들은 모두 베티 프리단이 "이름 붙일 수 없는 문제"라고 이름 붙인 주부의 미래를 예고

하고 있다. 베티 프리단은 『여성성의 신화』에서 이렇게 썼다. "여성이 자기 자신에 대해 꿈꿀 수 있는 방법이 있는가? 그녀들의 미래에는 오직 아이 어머니와 남편의 아내 모습밖에 보이지 않는다."[11] 한편 유명인 인형은 어떤가? 미국의 사진작가 개리 크로스는 "판타지—장난감—는 곧 자유와 같은 말이 되었다"라고 했다.[12] 판타지가 중요하다는 사실을 어린 소녀보다 더 잘 이해하는 사람은 없을 것이다. 이 자유에는 어마어마한 힘이 자연스럽게 따라온다. 오늘날은 분명 많은 여성들이 '가정주부' 외에도 더 많은 선택지를 갖고 있다. 그럼에도 여전히 유명 연예인은 여성성의 황동 반지｜brass ring* 이자 궁극적인 성공으로 여러 바람직한 특성이 강력한 한 가지로 수렴되는 일이다. 즉 신체적 완벽함, 역사적 유산, 상류층으로의 진입이라는 꿈이 동시에 이루어지는 것이다.

빈부격차가 점점 극심해지는 자본주의 현대사회에서 계층 상승의 욕망은 강력한 유혹이 될 수

---

* 큰 돈벌이와 성공의 기회.

밖에 없다. 스타덤에 오르기, 또 그로 인해 거머쥐게 되는 엄청난 부는 99퍼센트라는 평지에서 1퍼센트라는 성충권으로 날아오르는 계급이동의 이야기다. 어쩌면 이 또한 우리가 어렸을 때 읽고 또 읽으면서 설렘과 카타르시스를 느꼈던 신데렐라 이야기일지도 모른다. 마트 계산원에서 오스카 여배우가 된다. 전직 웨이트리스가 칸에서 요트를 탄다. 그들은 부와 명예로 향하는 출구를 발견한 사람들이고, 우리도 할 수 있을지 모른다고 생각한다. 특히 여성에게 유명해진다는 것이 왜 그렇게 참을 수 없는 매혹으로 다가오는지는 다음의 문구에서도 찾아볼 수 있다. "여성이 남성보다 더 많은 수입을 올릴 수 있는 직군은 사실상 두 개뿐이다. 모델과 배우다."[13]

유명인들은 젊은 여성들이 일상적으로 부정당하는, 중요한 것을 갖고 있다. 바로 가시성이다. 내가 중고등학교를 다니던 1990년대에 「학교가 어떻게 여학생들을 속이는가」라는 연구논문이 발표되었는데, 이에 따르면 남학생들이 수업 시간에 이름이 불리고 발표할 확률이 여덟 배 높다고 한다. 만약 여학생이 남학생과 비슷하게 수업시간에 주목받거나 나서려고 하면 어떻게 될까? 야단을 맞거나 눈초리를 받을 것이다.[14] 모범적인 여학생은 말수가 적고 목소리가 크지 않다. 어쩌면 그래서 나에게 빅토리아 베컴이 그토록 멋지고 당당해 보였는지도 모르겠다. 빅토리아 베컴은 단지 들리기만 한 정도가 아니라 폭발하듯 울렸다.

하지만 템플의 사례에서 알 수 있듯이 유명인의 경우에는 인간과 그 인간의 도플갱어인 인형 사이의 구분이 굉장히 모호해진다. 인형은 이상적인 여성—혹은 이상적인 소녀—의 이미지를 간직해야 한다. 뿐만 아니라 이 여성이 물리적으로 가능한 오래 인형의 상태를 유지했을 때 그만큼 큰 보상을 받는다. 2006년 템플—현재 이름은 셜리 템플 블랙이다—은 미국배우협회 시상식에서 평생 공로상을 받았다. 당시 아역배우였던 다코타 패닝은 자신이 갖고 있던 셜리 템플 인형을 손에 든 채 템플에게 트로피를 전달했다. 이 장면을 보며 역사가이자 저술가인 로빈 번스타인은 쓴다. "다코타 패닝은 템플의 가장 위대한 업적인 대공황기 소녀 배우 시절에 생명을 불어넣을 때 템플의 가장 큰 실패를 확인시키기도 했다. 누구든 영원히 어린아이로 남을 수는 없다는 점이다. 이 인형 중 단 하나만 자라지 않고 어린 시절을 잃지 않을 것이다. 인형이다. 오직 인형만이 다코타 패닝이나 템플 블랙보다 당시 인형처럼 완벽했던 셜리 템플을 기념했다." 실제로 1957년 셜리 템플 인형이 재출시되었을 때 템플의 나이는 서른에 가까웠다.

그즈음에는 템플의 경력은 이미 단절되었지만 그녀의 인형 자아는 〈굿 십 롤리팝〉의 멜로디 위에서 노스탤지어의 파도를 탈 준비가 되어 있었다.[15]

내가 오드리 헵번 인형을 소유하게 되었을 때도 배우 오드리 헵번은 생존해 있었다. 그녀는 60대였고 유니세프 국제 친선 대사로 활동하고 있었다. 전쟁의 소용돌이에 휩싸였던 유럽에서 태어나 끔찍한 굶주림과 두려움을 겪었던 오드리 헵번은 말년에 접어들며 분쟁 지역과 빈곤 지역에서 자선 활동을 펼치며 현지의 처참한 상황을 알렸고, 특히 어린이를 위한 봉사에 전념했다. 이러한 인도주의적 공로로 미국 대통령 자유 훈장을 받기도 했다. 그녀의 박애주의 활동이 어린이들에게 훌륭한 롤 모델이 되었을 수는 있지만, 위대한 일을 해낸 60대 여성은 플라스틱 인형으로 제작되지 않는다. 헵번 인형은 언제나 〈티파니에서 아침을〉에 등장한, 고양이 눈의 귀여운 여인을 모델로 만들어진다. 헵번의 유니세프 시절은 젊음, 미모, 왕위 계승이라는 공식에 들어맞지 않는 것이다.

잡지 에디터이자 작가 태비 게빈슨은 〈더 컷〉에

쓴 에세이에서 유명세의 날카로운 창끝 같은 위험
에 대해 논한다. 어린 여자에게는 미모와 젊음이
보통 성공에 가장 중요한 도구가 될 수 있고, 가끔
은 순진하게도 이것을 권력의 형태로 보기도 한
다. 하지만 미모와 젊음이 주는 권력이란 "기만적
인 개념"일 뿐인데, 이 권력은 결국 남성의 욕망과
시선에 바탕을 두고 있기 때문이다. "이 통화 단위
는 당신들이 원하는 조건하에 있지 않다." 그녀는
쓴다. "유명세와는 아무런 상관없는 여자들도 대
략 열다섯 살 정도가 되면 자신이 무엇 때문에 이
세상에서 가치 있게 보이는지 눈치챈다. 사회가
원하는 기준에 부합하고 그것을 유지할 능력이 있
다고 해도 그들은 결국 기준의 피해자가 된다. 이
안에 무언가 있다고 해도, 결국 소녀의 몸과 섹슈

                    인형

얼리티가 사회에 의해 얼마나 규제되는지를 보여
줄 뿐이다. 그리고 사회란 여성을 비하하고 젊음
을 페티시화하는 사회이며, 우리 중 일부는 스스
로 그에 맞추어 기능하는 법을 배우기도 한다."[16]

나는 오드리 헵번과 함께 위대한 탈출, 그 강력
한 황동 반지를 꿈꾸었으나 반지는 시간이 흐를수
록 나를 더 갑갑하게 조여오는 족쇄가 되었다.

*

어쩌면 유명세를 가장 잘 이해하고 활용했던 사
람을 꼽는다면 오늘날 마담 투소로 알려진 마리
투소일 것이다. 마리 투소는 1761년에 태어났고
해부학 조각가이자 초상화 작가로 초년부터 성공
을 거두었지만, 프랑스대혁명으로 인해 하루아침
에 직업을 바꾸어야 하는 상황에 처했다. 시작은
험난했으나 삶이 그녀에게 레몬을 던져주었을 때
그녀는 그 레몬을 왁스로 코팅하기로 했다.

투소의 첫 직업은 외과의사의 견습생으로, 해
부학 삽화를 그리기 위해 필요한 인형을 밀랍으로
만드는 일이었다. 그녀에게는 두 가지 축복이 내

213

렸는데 첫번째는 예리한 사업 감각, 두번째는 메스꺼움 같은 것을 모르는 강한 비위였다. 1780년대 그녀는 자신의 기술을 이용해 당시 생존 유명인들인 볼테르, 장 자크 루소의 밀랍 인형을 제작하기도 했다. 하지만 프랑스대혁명이 최고조에 이르러 그녀의 작품 세계는 섬뜩하고 으스스한 쪽으로 방향을 바꾸게 된다. 마담 투소는 왕실 동조자라는 이유로 단두대에서 처형될 뻔한 적도 있었는데, 그 경험이 계기가 되어 새로운 밀랍 인형 소재를 찾게 된다. 참수형을 당한 왕족을 인형으로 제작하기로 한 것이다. 역사학자 벳시 골든 켈럼은 『아틀라스 옵스큐라』에서 이렇게 쓴다. "그 작업을 하려면 궁전에 있건 감옥에 있건 어딜 가든 똑같이 편안해야 하고 그로테스크함을 다루는 능력이 뛰어나야 했다.”[17] 투소는 눈치가 빨랐고, 자신이 제작하는 새로운 고객의 얼굴에서 생명이 떠났다 해도 명성까지는 떠나지 않았다는 사실을 영민하게 알아챘다. “그들의 몸은 없었지만 여전히 당대를 호령했던 유명 인사들의 얼굴이라는 것은 변함없었다.” 영국의 극작가이자 소설가 에드워드 케리는 〈가디언〉에서 말한다.[18] 이후 투소는 루이 16세의 머리를 흔들리지 않게 무릎에 고정한 다음 그 얼굴에 밀랍을 눌러 데스마스크*를 만들던 이야기를 사람들 앞에서 아무렇지도 않게 무용담처럼 말하기도 했다.

결국 혁명도 막을 내리자 이제 마담 투소는 또 다른 기회의 땅을 찾아 나서기로 했고, 켈럼에 따르면 “프랑스 귀족의 밀랍 머리가 달그락거리는 여행 가방”을 들고 영국으로 향했다.[19] 투소는 영국에서 실물 크기의 유명인 인형을 전시하게 되고 마침내 런던의 베이커 스트리트에 전시장을 구

* 사망 직후에 죽은 사람의 얼굴에서 직접 본을 떠서 만든 안면상.

하게 되었다—원래 투소Tussaud's였지만 런던에서 아포스트로피를 빼고 마담 투소라는 명칭을 공식으로 사용하게 되었다.

케리는 처음 투소의 작품에 매료된 관객에 대해 이렇게 말한다. "1800년대 초반 런던 시민들에게 당대 유명인들의 얼굴을 똑같이 복제한 작품을 보여준다는 것이 얼마나 획기적인 일이었을지 상상해보자. 마리 투소는 말하곤 했다. 여기 역사가 있습니다. 그녀는 그 역사 안에 자신도 연결시켜서 관객들의 호기심을 증폭시켰다. 자신이 베르사유궁전에서 살았고, 루이 16세 여동생의 미술 가정교사였고, 생전에 왕을 캐스팅해서 인형을 만들기도 했다는 이야기도 한 것이다." 유명인들의 측근이었다는 사실은 투소의 피규어가 그토록 매력적이고 설득력 있게 보였던 이유이기도 했다. "누구든 실물모형을 만들 수는 있었겠지만 오직 마리 투소만이 자신이 묘사한 그 개개인을 자기 눈으로 직접 보고 선택했다고 주장할 수 있었다."[20]

투소에게 명성이란 지위 고하를 막론한, 공정한 게임이었다. 그녀의 전시장에는 마리 앙투아네트도 전시되어 있었지만 동시에 유명 시체 날치기범이자 살인자인 윌리엄 버크와 윌리엄 헤어도 전시되어 있었다. 그녀가 유명함을 무엇이라고 생각했는지는 그녀가 만든 두 개의 방으로 짐작해볼 수 있다. 황금의 방에서는 관객이 빅토리아 여왕의 결혼식 재현 장면을 볼 수 있었고, 공포의 방에는 끔찍한 처형 장면이 무대에 올라갔다. "마담 마리는 대중의 심리를 파악했다. 그때나 지금이나 대중은 두 가지에 열광한다. 왕실 집착, 그리고 호러 쇼다. 마담 마리는 베푸는 마음으로, 관객이 몰입할 수 있는 두 가지를 제공한 것이다."[21]

유명인 인형들이 그러했듯이 마담 투소가 만든 실물 크기 밀랍 조각상 또한 시간이 흐르면서 점차 유명인의 정의를 왕실 귀족에서 연예인으로 확장했다. 현재 로스앤젤레스 마담 투소 박물관에는 니콜 키드먼 같은 레드카펫 여배우들이 가장 좋은 자리를 차지하고 있다. A급 파티, 팝 아이콘, 할리우드의 스피릿 등 다양한 테마가 전시되어 있고 여전히 인기 관광 명소이다. 사진 기술 발달은 물론, 클릭 한 번으로 유명 연예인의 이미지를 손쉽게 검색할 수 있는 세상에도 왜 사람들이 계속 밀랍 인형 전시장으로 발길을 돌리는 것일까? 여러 이유가 있겠지만 그중 하나는 실물 크기라는 점이다. "우리는 마리 앙투아네트가 차지했던 정확한 공간의 크기를 알고 싶다. 그러니까 교수형을 당해 머리가 잘린 후에 어떤 모습이었을지 알고 싶어한다." 케리는 쓴다.[22] 그러나 마담 투소 밀랍 인형 인기의 이유를 계속 생각하다보면 명성의 본

질에 대한 또하나의 통찰을 얻게 된다. 켈럼은 쓴다. "마리 투소는 허슬러였다. 그녀는 우리가 현재 이해하는 현대의 유명인 개념을 발명했다. 즉 명성이란 훌륭한 업적을 남긴 사람이 사망 후에 얻는 것이 아니라, 대중들의 욕구와 갈증을 갈퀴로 긁어모으는 방식으로 현생에서 구축해내는 것이다."[23]

케리는 모든 사람이 유명인을 오로지 숭배하기 위해 마담 투소 박물관을 방문하지는 않는다는 점을 지적한다. "실제 사람들이 밀랍 인형 옆에서 어떻게 행동하는지 보면 조마조마하거나 불편해질 경우가 많고 사람보다 밀랍 인형이 훨씬 더 품위 있다는 결론을 내리게 된다." 무슨 말인지 짐작할 수 있을 것이다. 유명인에 대한 우리의 감정이 과연 순수하기만 할까? 유명인에 대한 감정은 권력과 부의 불평등과 엮여 있을 수밖에 없고, 이는 우리 인생을 결정하는 요소이기도 하다. 왕족과 귀족들이 하나둘씩 쓰러질 때 환호의 송가를 불렀던 프랑스 혁명가들처럼 대중은 유명인이 몰락할 때 '샤덴프로이데'라는 특정한 종류의 감정을 느낀다. 이런 현상 중 소소한 예가 너무 형편없이 제작되어 엉뚱한 방향으로 가버린 셀럽 인형을 보면서 웃는 사람들이다. "이름의 주인과 전혀 닮지 않아서 슬픈 유명인 인형 11개"라든가 "너무 못생겨서 울고 싶어요. 16개의 셀럽 인형" 같은 기사다.[24][25] 이런 기사에서는 성형수술로 망가진 할리우드 연예인을 주제로 한 타블로이드 기사에서 보이는 것과 비슷한 희희낙락의 어조가 느껴진다. 아름다움 또한 자본이라면 이러한 이야기들은 누군가의 파산을 응원하는 것과 같다고 할 수 있다. 하지만 투소의 시대나 지금이나, 세상을 호령했던 이들이 나락으로 떨어지는 이야기는 언제나 대중을 즐겁게 하는 오락거리다.

비유적으로나 문자 그대로나 얼굴을 잃는다는

것은 여자 유명인이 처할 수 있는 최악의 운명이다. 그리고 그 결과는 생각보다 훨씬 더 울적하다. 카리나 롱워스가 할리우드를 주제로 진행한 팟캐스트 〈이것을 기억하세요You Must Remember This〉에서 13부작 시리즈로 방송된 주제는 '죽은 금발 미녀 배우들'이었다. 제목 그대로 이 방송에서는 진 할로부터 매릴린 먼로, 페그 엔트위슬*과 바버라 로든에 이르기까지 유명한 여배우들의 불우한 말년이나 불행한 운명에 대해 이야기한다.[26] 나는 이 시리즈를 듣다가 2010년도에 나온 영화 〈비기너스〉의 한 장면이 떠올랐다. 영화에서 신인 배우인 애나와 그녀와 사랑에 빠진 올리버는 같이 중고 서점에 들러 책을 뒤적이고 있다. 그들이 훑어보는 건 할리우드의 전설적인 배우들에 관한 책이다. 올리버는 여러 여자 배우들의 마지막 장에 대해 읽는다. "그녀는 핀업 모델이자 영화배우였다… 전성기는 짧게 끝났다… 결혼 생활은 파탄의

---

* 1932년 영화 계약 해지에 따른 좌절로 헐리우드 H사인에서 뛰어내려 사망한 배우.

연속이었다… 정신질환과 알코올중독으로 고통받았다…” 애나가 중간에 말을 끊는다. “여배우들 이야기의 결말은 왜 이렇게 항상 슬픈 걸까. 읽어주지 않아도 알겠네.”[27] 때로 그들의 결말은 슬플 뿐만 아니라 폭력적이기도 하다.

매력적이고 성공한 여성에게 찾아오는 불행한 결말은 우리가 했던 인형 놀이에서도 어렵지 않게 볼 수 있는 장면이었다. 생각보다 많은 이들이 인형에게 폭력을 휘둘렀다고, 특히 바비 인형을 갖고 그런 놀이를 했다고 고백한다. “바비 인형의 머리카락을 싹둑싹둑 자른 다음에 창문에 앉혀놨는데 왠지 재미가 있었다. 얼마 후에 머리를 깡그리 밀어버렸지만.” 한 여성은 이렇게 회상한다.[28] “바비 인형을 계속 사달라고 조른 다음 엄마가 마지못해 사주면 사지를 갈가리 찢어버렸다. 언젠가부터 아무리 졸라도 사주지 않았다.”[29] 〈제저벨〉에서 일했던 한 기자는 손수 작은 전기의자를 만들어 바비를 감전사시키기까지 했다고 한다.[30] 작가 타냐 리 스톤은 이러한 인형 학대가 질투에서 비롯된 것이라 설명한다. 하지만 나는 이런 행위가 아름답고 유명한 여성에 관해 우리가 익히 보아왔던 이야기, 즉 비극적이거나 폭력적인 결말로 치달았던 3장의 이야기를 우리 자신도 모르게 반복하고 있는 것이라 생각한다. 어쩌면 우리 또한 이런 방식으로, 우리의 인형을 통해 마담 투소의 공포의 방을 방문하고 있다고 할 수 있다. 그 결과는 무엇일까? 또 한 명의 죽은 금발머리 미녀, 이번에는 바비라는 이름의 금발머리 인형이다.

하지만 투소가 이미 일찍부터 파악했듯이, 죽음이 유명세를 종식시키는 것이 아니라 유명세를 재조명할 수도 있다. 1997년 다이애나 왕세자비가 사망했을 때 다이애나 기념 수집 인형 생산량은 사상 최고 기록을 세웠다.[31] 그러나 투소 시대 이후에 투소가 예견하지 못한 또다른 종류의 명성이 추가되었다. 소셜미디어 스타다. 소셜미디어는 유명세를 자잘하게 분산시켜서 10만 명 단위의 팔로워를 가진 다양한 인터넷 유명인들을 생산했다. 소셜미디어 안에서의 목표는 "당신만의 브랜드를 만들어라"이며 소셜미디어 스타들은 공들여 남들 앞에 보여주기 좋은 삶을 만들어낸다. 완벽하게 스타일링된, 완벽하게 다듬어진 소품 vignettes으로—어린 시절 보았던 작은 인형의 집을 생각해보자—팔로워와 영향력을 얻고자 한다. 다시 말해서 유명해지고자 한다. 지아 톨렌티노는 이 새로운 소셜미디어 미니 스타에 대해 이렇게 설명한다.

그녀는 젊지도 늙지도 않은 나이이지만 누가

 인형

봐도 젊게 보이려 노력했고 그렇게 보인다. 머리카락에는 윤기가 흐르고 피부는 투명하며 누군가 자신을 보고 있다고 믿는 사람 특유의 자신감 넘치는 표정을 짓고 있다. 당신이 볼 때마다 그녀는 호사를 누리고 있다. 한적한 해변에서 노을을 감상하거나, 사막의 별 아래에 누워 있거나, 신경써서 차린 듯한 식탁에 앉아 아름다운 물건과 함께 마찬가지로 사진을 잘 받는 친구들에게 둘러싸여 있다. 휴식을 취하는 자신의 모습을 보여주는 것은 그녀 직업의 중요한 부분이거나 중심이다. 이런 면에서 그녀가 특이하거나 보기 드문 사람이라고 할 수는 없다 (…) 그녀는 인간 인스타그램이라고 할 수 있다.[32]

그 결과 소셜미디어는—또하나의 영화처럼, 또하나의 인형처럼—소녀들에게 이상적인 여성의 이미지를 쏘아주는 표면이 되고 이렇게 말하고 있다. "너희도 이걸 위해 애써봐Strive for This." 하지만 소셜미디어의 차별점은 이를 통해 빛의 속도로 명성을 얻을 수 있다는 점이다. 앤디 워홀은 한때

'15분의 명성'이란 유명한 문구를 남겼는데* 틱톡에서는 60초라는 시간으로 단축되었으며, 본질적으로 이러한 유명세는 일회성이고 대체 가능하다.

하지만 소셜미디어 속 이미지를 제작하는 데는 상당히 많은 시간과 에너지가 소요되고, 신체적 자아를 최적화하는 데는 뼈를 깎는 노력이 필요하다. 이 일은 보이지 않는 곳에서 남몰래 이루어지기도 하고, 자기 관리이자 힘을 부여하는 선택지로 포지셔닝되면서 팔로워들의 모방 욕구를 자극하기도 한다. 지아 톨렌티노는 이러한 이미지를 성공적으로 재생산하는 것이 자본주의에서 수익을 창출하는 기술이며, 그 기술은 곧 여성의 위치를 "흥미로운 주제이자, 가치 있는 오브제이며 자연발생적이면서도 방청객이 늘 따라다니는 광경으로” 재확인시켜준다고 말한다.[33] 다시 한번 앞의 이야기를 반복하자면, 이런 방식으로 상승한 여성의 지위는 곧 여성성이라는 황동 반지가 된다. 또한 이러한 방식으로 얻은 임파워먼트는 진짜 권력이라 할 수 없는데 모두 남성의 시선과 가차없는 미의 기준에 바탕을 두고 있어서다.

무성영화의 여왕들에게 자기를 그린 종이 인형이 있었던 것과 마찬가지로, 이 새로운 유명인들도 새로운 형태의 유명세를 자본으로 만들기 위해 인형으로 만들어지며, 다시 한번 기준을 강화한다. 구체 관절 인형인 ‘#스냅스타#snapstar’는 아이폰을 닮은 상자에 담겨 판매되고 다음과 같은 해시태그가 붙어 있다. “쿨하게 살기. 쿨한 사진 찍기.” 한 장난감 사이트는 이렇게 설명한다. “각각의 #스냅스타에는 인형과 함께 의상과 액세서리, 가발이 있고 녹색 스크린과 거치대도 있다. 당연히 이 인형은 스마트폰도 들고 있다. 세상과 디지

* “미래에는 누구나 15분 동안 세계적인 명성을 떨칠 수 있다In the future, everyone will be world-famous for 15 minutes”라는 문장을 남겼다.

털로 연결되어 있지 않다면 어떻게 인플루언서라 부를 수 있겠는가?” 지아 톨렌티노에 따르면 소녀들은 이러한 장난감을 사용하여 완벽함을 연습한다. “이 도구로 자신이 더 매력적으로 보이게 하고, 언제나 남들에게 보이게 하며, 할 수 있는 한 자신의 위치에서 최대한의 가치를 끌어내려고 한다.”[34]

*

“아침엔 ‘더 로스트’의 카페라테 한잔.” 캡션에 적혀 있다. 이 갈색 머리 여인은 금색 링귀걸이를 하고 패턴 타이츠와 가죽 치마, 투박한 스웨터를 입었다. 그녀의 트렌치코트는 어깨에 ‘정확한 위치와 각도’로 걸쳐져 있다. 손에는 테이크아웃 커피

 인형

컵이 들려 있고, 옆에는 작은 프렌치 불도그가 있다. 하지만 이 피사체는 사람이 아니라 @dolliberate 계정의 포피 파커 Poppy Parker 라는 바비 패션 인형이다.

나는 휴대폰으로 인스타그램을 스크롤하는 중이다. 점심시간 이후이고 너무 졸려서 오늘의 네번째 차를 홀짝이고 있다. 업무에 복귀하기 전에 인스타그램이라는 핑크와 노란색 앱을 보기 위해 비워둔 시간이다. 셔벗 색상의 인스타그램 사각형을 탭하면 내가 팔로우하고 있는 계정인 @dolliberate @escapefromtoybox @barbielifeinthevilla @daintydolldivas 등의 피드가 뜨고 나는 무심코 스크롤한다. 이 계정의 인형들은 키보드를 두드리고, 요가의 가부좌 자세로 앉아 있고, 집의 인테리어를 바꾸고, 아침엔 도넛을 사러 가고, 말리부에서 서핑한다. 한마디로 그들은 최고의 삶을 살고 있으며, 그 밑에는 "균형이 중요하니까" 같은 캡션이 붙어 있고, 그 옆에는 후원 사이트인 엣시 샵들의 링크가 걸려 있다.

아무래도 카페인은 제 역할을 하지 못하는 것

같다. 이미지들이 눈앞에서 오락가락한다. 내 눈앞에 입술을 뾰족 내민 얼굴들, 자연스러운 올림머리, 배꼽티들이 스쳐간다. 아주 짧지만 정지된 듯한 시간, 나는 이 인형들이 실제 여성들이 아니라는 점을 잊는다. 왜냐하면 인형들은 내가 늘 보는 인플루언서들의 피드와 똑같이 닮았으니까. 이들은 근사하면서도 공들인 편안함이 있다. 하지만 우리가 정말 말할 수 있을까? 누가 진짜고 누가 진짜가 아닐까? 내가 보는 건 인형인 척하는 소녀인 척하는 인형인걸. 이 이미지는 신기루처럼 희미하게 반짝이다 흐릿해지기 시작한다.

1800년대 장난감 소마트로프는 양쪽의 끝에 두 개의 이미지가 달려 있다. 보통 한쪽에는 새가 있고 한쪽에는 새장이 있다. 디스크가 빠르게 회전하면 착시 효과로 이미지는 하나로 겹쳐 보인다. 새가 새장 안에 들어간 것처럼 보이는 이 오래된 장난감 트릭처럼, 내가 보는 인형과 소녀는 서로에게 겹쳐지고 합쳐져 마치 새장에 갇힌 것처럼 보인다.

이만하면 넘치도록 본 것 같다. 인스타그램을 닫기로 한다. 하나의 눈동자와 같은 핸드폰의 카메라 아이콘이 나를 응시한다.

이 책을 전자책으로 읽고 있다면, 우리 종이 인형이 화면 속 그림으로만 보일 것이다. 하지만 그렇다고 이 인형을 갖고 놀지 못하는 건 아니다. 사실 이 인형이 있는 곳이야말로 놀기에 가장 적절한 곳일 수도 있다. 디지털 공간은 요즘의 우리가 가장 많은 엔터테인먼트를 즐기는 공간이니까. 틱톡, 트위터, 〈동물의 숲〉 등등.

전자책에서 우리의 인형은 픽셀의 집합일 뿐이다. 하지만 우리 또한 화면 속에 있을 때 흩어져 있는 점이 아닐까? 이곳의 점들이 모인 것은 인형이고, 다른 점들이 모인 것은 페이스북의 나이며, 또 다른 점들의 모임은 줌 속의 나이다.

모든 것이 가상일 때는 모두 동일한 픽셀의 우

인형

주 먼지로 만들어졌을 뿐이다. 온라인에서 나와 이 인형 사이에는 아무 차이도 없다.

그러나 오프라인으로 나가면 다른 이야기가 있을 수 있다.

5. 나의 가상 대리인:

아바타 "인형"

　지금쯤이라면 독자들에게 나의 어린 시절의 이미지가 그려질지도 모르겠다. 레이스 달린 공주 드레스를 입고, 오렌지주스를 마실 때는 컵을 든 손의 새끼손가락을 들어올리고 '의심할 여지가 없군indubitably' 같은 말을 쓰는 사람으로 상상할 수도 있다. 인형을 좋아하고 모으는 사람은 대체로 여성스러운 사람으로 여겨진다. 물론 내 안에는 그런 부분도 없지 않다. 하지만 나는 1980년대와 1990년대에 성장한 평범한 십대로, 그 시절에 유행하는 모든 대중문화에 한 번씩 발을 담가봤다. 롤러스케이트장에 갔고 맥도날드 볼풀장에 갔고 쇼핑몰 오락실에서 시간 가는 줄 모르고 〈지네게임Centiped〉과 〈큐버트Q*bert〉를 하기도 했다. 나의 게임 실력은 한 번도 평균 이상이었던 적이 없고 겨우겨우 한 단계씩 레벨을 올리는 수준이었다. 우리 가족이 함께하던 〈아타리〉게임에서는 언제나 최선을 다했고, 그 이후에는 닌텐도에 열중했다. 또 데스크톱으로 하던 게임인 〈울티마Ultima〉나 〈킹스퀘스트King's Quest〉도 즐거운 기억으로 남아 있는데, 화살표 키를 열심히 두드리며 픽셀 이미지로 그려진 중세 유럽을 여행하는 건 언제나 중독적 재미를 선사했다.

어린이 게임의 첫번째 물결 이후에는 전 세계적으로 게임들의 쓰나미가 몰려왔다. 마리오 브라더스 스타일의 플랫폼 게임*들이 있었다. 개러지밴드 시뮬레이션 게임도 있었고, 1인칭 슈팅게임First person shooter†과 〈캔디크러쉬〉 게임도 유행이었다.

〈젤다의 전설〉류의 퀘스트 게임, 멀티플레이어 배틀 게임, 스포츠 게임, 퍼즐 등 게임 춘추전국시대가 계속되었고, 유튜브와 트위치 계정이 게임과 연동되면서 모든 게임을 기록하게 되었다. 우리가 갖고 놀던 물리적 오브제는 점점 더 디지털화되고 있다. 인형 또한 마찬가지로 온라인 세상에서 이에 대응하는 존재가 생겼다.

초기에 이 업계에서 소녀들의 관심사를 중점으로 두고, 이들을 대상으로 마케팅을 한 게임은 〈바비 패션 디자이너〉라는 CD 게임이었다. 근본적으로 이 게임은 더 선명하고 화려한 스크린 버전 종이 인형 놀이라 할 수 있었다. 사용자는 주제에 맞는 바비 의상을 디자인한다—주제는 "최신 유행 패션"이라든가 "꿈의 데이트" 등이다—기본 패턴에 머리 스타일과 머리 색상을 바꾸고 원단 패턴을 바꾼다. 그다음 바비는 완성된 디자인의 옷을 입고 재즈풍의 신스팝에 맞춰 런웨이에서 패션

---

* 캐릭터가 발판을 뛰어다니는 게임.

† 다양한 모드와 캐릭터 무기가 제공되는 전술적 게임.

쇼를 할 수 있다. 사용자는 자신이 완성한 디자인을 인쇄할 수도 있다. 패션 디자이너 게임은 크게 성공했고, 1996년에 인기를 누린 여러 게임의 판매 기록을 웃돌았다. 그뒤로 이 업계의 새로운 고객들인 여자아이들을 위해 바비를 주제로 한 다양한 게임이 앞다투어 출시되었다. 〈바비 매직 헤어 스타일러〉〈바비 네일 디자이너〉〈바비 라이딩 클럽〉〈바비: 매직 지니 어드벤처〉 등이었다.

아메리칸 걸 또한 인형과 책을 데스크톱 게임으로 제작했다. 〈아메리칸 걸 프리미어〉라는 게임에서는 게이머가 역사적 인물들 아래 위치한 '플레이' 버튼을 누르면 이 인물들의 이야기가 애니메이션으로 방송되는데, 이 책의 캐릭터가 붉은 커튼이 내려진 무대에서 연기하는 식이다. 이 애니메이션의 한 가지 단점은 한 리뷰어의 표현에 따르면 캐릭터들의 "끔찍한, 컴퓨터 기계 목소리"였다. 이 리뷰어는 자신의 주장을 뒷받침하기 위해 펄리시티와 아빠가 기도를 하는 장면의 대사를 대본으로 쓴다면 이런 식이라고 했다. "01100101 0111011001100001 01101110. 아멘."[1] 마텔사는 계속해서 아메리칸 걸을 디지털 게임으로 만들기 위한 시도를 했고 얼마 후엔 〈이너스타 유니버시티〉를 론칭했다. 마텔사는 〈뉴요커〉에 이 게임은 "인형과 소녀가 대부분의 시간을 보내는 온라인 세계 사이의 다리"라고 말했다. 에이드리엔 라펠은 이렇게 설명한다. "인형을 구입하면 코드를 받고 온라인에 인형을 '등록'할 수 있다. 이 인형의 온라인 버전은 단짝 친구처럼 같이 숙제할 수 있고, 유샤인홀에서 같이 춤을 출 수도 있고, 리얼 브라이트 살롱에 가서 머리에 브리지를 넣을 수도 있다. 미리 입력된 몇 개의 대사들로 다른 이너스타들과 대화를 나눌 수도 있다."[2]

나는 인형 모으기가 취미이고 게임도 꽤나 좋아하는 편이었지만, 이상하게도 인형 관련 게임은 굳이 해보고 싶지가 않았다. 그 게임에 끌리지 않은 이유는 게임이 나의 실제 인형 놀이를 전혀 반영하고 있지 않아서였다. 나의 실제 인형 놀이는 그저 옷 갈아입히기 놀이라기보다는 소통과 대화에 대한 놀이였다. 그나마 〈이너스타〉가 내 인형 놀이와 가장 흡사하다고 할 수 있었는데, 2015년에 이 온라인 캠퍼스 놀이는 서비스를 종료했고 그 이유도 이해 가능했다. "인형 요가 놀이"가 나와서였다. 라펠은 설명한다. "마우스로 인형을 클릭하면 인형이 태양 경배 자세를 한다. 직접 해보면 설명보다 더 재미있을 것이다."[3]

하지만 우리가 찾으려고만 한다면 온라인에서 가상의 인형은 얼마든지 찾을 수 있다. 이름이 아니라 인형들의 주요 기능에 따라 찾아야 한다. 이 인형들은 이상적인 자아를 위한 대리인으로서 기능하고 있다.

아메리칸 걸 인형을 포함한 많은 장난감 회사는 어린이들이 봉제 인형이나 플라스틱 인형으로 자신의 아바타를 만들도록 유도한다. 아이들은 자기 자신과 맞추어 장난감의 눈 색상, 머리 색상, 피부 색상을 고를 수 있다. 이렇게 만든 인형은 절친한 친구이기도 하고 미니미mini-me이기도 하다. 온라인 세상에서도 이 과정이 똑같이 이루어지는데 바로 비트모지Bitmoji를 통해서다. 유저들은 자신이 원하는 모습으로 머리모양을 고르고 안경이나 주근깨 등도 선택할 수 있다. 물론 비트모지들은 여전히 비슷비슷하긴 하다—여드름이 있거나 치아가 비뚤비뚤한 비트모지는 찾기 어렵다. 기본적으로 비트모지의 외모는 테크 기업이 미리 정해놓은 사람들의 신체적 특징 리스트에 따라 결정된다고 볼 수 있다.

나도 5년 전쯤에 나만의 비트모지를 만들었다. 갈색 머리에 보조개가 들어간 나의 도플갱어로, 친구들에게 문자를 보낼 때마다 추가했다. 나의 도플갱어는 말했다. "타코 먹으러 가자!" "파자마 파티 타임!" "같이 넷플릭스 보자" 등이었다. 사실은 어떤 인형 비디오 게임보다 비트모지와 함께 문자를 보내는 일이 내가 어린 시절 했던 인형놀이와 가장 흡사하게 느껴졌다. 어릴 때 나는 식탁에 앉아 엄마에게 내 인형 소니아가 아침으로 치리오스 시리얼을 먹고 싶다고 말했다고 하는데, 이는 양배추 인형 뒤에 안전하게 숨어서 내 욕망을 표현한 것이었다.

신기술을 빨리 습득하는 사람에겐 비트모지가 유일한 대안 자아는 아니다. 아바타는 어디에나 있다. 몇 년 전, 조카 윌이 엑스박스 게임인 〈NBA 2K〉를 하는 것을 푹 빠져 보았다. 내가 보고 싶어 하는 장면이 그 안에 다 담겨 있었다. 나의 선수들이 농구장에서 드리블을 하고 덩크슛을 하면 캐스터가 외친다. "오늘 무적입니다!" 혹은 "붐샤카라카!" 어린 시절 오락실에서 하던 스포츠 게임인 〈NBA 잼〉과 〈더블 드리블〉이 떠올랐다. 이 새로운 게임에서는 달라진 점들이 많았는데 특히 외모의 다양성이 두드러졌다. 헤어 라인, 피부색, 수염과 턱선, 눈 등이 내가 게임하던 시대와는 판이하게 달랐다. 윌은 메뉴에서 여러 요소를 조합해 자기만의 개성 있는 캐릭터로 만들었다. 운동복과 운동화를 고를 수 있었고, 시합 전 점프볼을 하기 전에 프로필사진을 찍기도 했다. 충격 속에서 나는 이 게임의 전신이 무엇인지 알아보았다. 〈NBA 2K〉 세트장의 종이 인형이라 할 수 있었다.

조금 더 환상적인 가상 세계 시뮬레이션 게임으로는 〈세컨드 라이프〉가 있다. 여타 비디오게임과는 달리 이 가상 세계에서는 레벨의 등급도, 승자와 패자도 없고 특정한 목표도 없다. 사용자는 현실처럼 생생하게 구현된 공간에서 자유롭게 돌아다니고 탐험하고 사람들과 어울리며 일상을 즐기면 그만이다. 〈세컨드 라이프〉의 아바타에도 한계가 거의 없다. 사용자는 맞춤 제작을 할 수 있는데 기본 아바타에 '맞춤형' 오버레이로 설정하고, 보통 제삼자인 디자이너를 고용하면 그가 특정 피부나 의상을 맞춤으로 만들어준다. 때로는 〈스타워즈〉나 〈드래곤 볼〉 혹은 기타 판타지 세계관의 캐릭터로 디자인해주기도 한다. 어떤 사이트에서는 단품 디자인을 광고하기도 하는데 '여우 귀' '작은 뿔' 혹은 '상어 복장' 등 동물의 특징에 가격을 추가해 판매하기도 한다. 이러한 분장이 일반적인 사람보다 유저와 유저의 관심사를 더 잘 표현할 수 있다고 보는 사람도 있어서다.

〈뉴욕타임스〉의 필자인 저널리스트 어맨다 헤스는 여러 개의 아바타를 각각 다른 공간에서 다른 가상 자아로 사용한다고 말한다.

페이스북 프로필로는 전문 사진작가가 찍어준, 원래보다 훨씬 날씬한 허리를 소유한 내가 창밖을 물끄러미 바라보고 있는 사진을 올린다. 스냅챗에는 사무실 의자에 파묻혀 멍하니 눈을 떴다 감았다 하는 아바타를 올린다. 〈캔디크러쉬〉에서의 나는 수달 그림이다. 내가 왜 각 사이트에 특정 프로필을 선택했는지는 모르겠지만, 플랫폼의 감성과 업로드 당시의 내 감정, 그리고 당시 나의 휴대전화에 있던 사진이라는 요소가 복합적으로 작용한 결과가 아닌가 싶다.[4]

헤스의 마지막 문장에서 알 수 있듯이 내 휴대전화에 담긴 사진이 나의 아바타가 될 수도 있는데 필터를 씌우거나 잘라내거나 보정하면 충분히 나의 아바타로 만들 수 있어서다.

최근 몇 년 동안 모든 디지털 공간과 매체가 아바타화되고 있다. 몇 년 전만 해도 나의 이메일은 단어가 나열된 네모난 상자일 뿐이었다. 그러나 지금 그 작은 상자에는 모나리자처럼 은은한 미소를 짓고 있는, 머리를 하나로 묶은 여자 사진이 따라오는데 나의 얼굴 사진이자 지메일 아바타다. 그다음에 나오는 단어나 문장이 이메일의 유일한 내용이면, 그 문장은 아바타의 핑크색 입술에서 나온 말풍선처럼 보이기도 한다. 여기서도 나는 대리인을 통해 내 욕망을 표현하고 있다―"소니아는 아침으로 치리오스 시리얼이 먹고 싶대요"와 마찬가지다―다양한 매체에 글을 쓸 때 올라가는 내 소개란에는 예전에는 이름만 적혀 있었지만, 최근 웹사이트가 업데이트되면서 이름 옆에 내 얼굴 사진이 있다. 이제 내가 생각을 말하면 글만 나타나는 것이 아니라 머리를 하나로 묶은 여자 사진도 나타난다.

아바타는 우리의 디지털 도구 기능을 바꾸기도 하는데, 이모티콘 또한 계속해서 바뀌어왔다. 작

가이자 게임 디자이너인 이언 보고스트는 〈애틀
랜틱〉에서 이모티콘이 처음 나왔을 때는 "공항
표지판signage"처럼 무언가를 제시하는 대상이었
다고 말한다. 눈사람은 문자 그대로의 눈사람이
아니다. 눈사람은 추운 날씨나 "사무실 온도 조절
기에 대한 불만"을 나타낼 수 있다. 하지만 "시각
언어는 처음에는 추상적이고 표의적으로 사용되
었다가 시간이 흐르며 구체적인 삽화의 의미로 바
뀌기도 한다".[5] 이모티콘으로 표현되는 사람 또
한 그렇다. 이제는 기도하는 손이 희망이나 기도
나 감사 같은 추상적인 개념만을 의미하지 않는
다. 실제로 그 이모티콘을 쓰는 사람의 손바닥이
포개진 모양을 나타내기도 한다. 그렇기 때문에
이모티콘에도 더 많은 피부색, 더 다양한 머리색,
더 다채로운 눈동자색을 만들어달라는 요구가 생
기는 것이다. 대표성이 증가한다는 측면에서는 당
연히 바람직한 방향으로의 이동이다. 하지만 나와
타인의 신체적 특징을 너무 정확하게 복제하려고
하면 골치 아픈 일이 생길 수도 있다. 이언 보고스
트는 네 명이 모여 있는 "가족" 이모티콘을 연구

한 후 이렇게 말했다. "여러 사람이 모인 그룹의 경우 각각의 가족 구성원에게 서로 다른 피부색 옵션을 모두 추가하게 되면… 총 4,225개의 순열이 발생한다." 따라서 우리가 요구하는 건 아바타 은하계를 만들어달라고 하는 것과 같다.

*

'아바타'는 보통 가상의 존재와도 너무나 깊이 연관되어 있어서—제임스 캐머런 영화 프랜차이즈 때문에도—이 단어가 실제로는 기술적인 단어가 아니라 몇 세기 동안 영적인 단어였다는 사실을 잊기 쉽다. 원래 아바타는 '강림'을 뜻하는 산스크리트어로, 힌두교의 신이 지상에 내려와 인간의 모습을 취하는 순간을 묘사한다. 헤스는 쓴다. "힌두교 신학에서 비슈누는 인류가 혼돈에 빠졌을 때 질서를 회복하기 위해서 지상에 내려와 지구 위의 생물로 아바타가 되는데 그중에는 물고기, 거북이, 반은 사람 반은 사자 등이 있다."[6]

아바타라는 단어가 게임에 적용되기 시작한 계기는, 아바타가 우리를 더 나은 유저로 만들기 위한 도구였기 때문이다. 헤스는 말한다. "〈울티마〉 시리즈를 개발한 유명 개발자 리처드 개리엇은 게이머들의 윤리적인 행동을 장려하기 위한 방법을 찾다가 힌두교 개념을 접하게 되었다고 한다. 그는 무조건 이기려는 목적으로 지름길을 택하거나 속임수를 쓰려는 게이머들을 보면 마음이 불편했다. (…) 그래서 개리엇은 자신의 영웅을 '캐릭터'가 아닌 '아바타'로 설정하기 시작했다."[7]

개리엇의 접근 방식은 성공했다. 스탠퍼드 행동과학팀 연구자인 제러미 베일런슨과 닉 이는 어떤 사람의 행동이 온라인에서나 현실에서나, 그 사람의 아바타로 인해 좌우될 수 있다는 사실을 증명했는데 이를 '프로테우스 효과'라고 한다. 예를 들어 사용자에게 더 매력적인 아바타를 주면 그들은 더 자신감 있고 적극적으로 행동했다. 아바타의 외형적 영향력이 더 강력해질 때는 아바타가 유저 자신을 닮았을 때다. 아바타가 심리적 상태에 미치는 영향을 연구하는 제시 폭스에 따르면, 사람들은 아바타를 실생활의 대인관계를 연습해볼 수 있는 시운전 자동차처럼 사용하기도 한다. "아바타는 우리가 가상 세계에서 먼저 말과 행동을 미리 연습하고 실험해볼 수 있게 해준다." 폭스는 〈뉴욕타임스〉에서 말했다.[8]

하지만 과연 "실생활의 대인관계"란 무엇일까? 최근에는 실제 세상과 가상 세계 사이에 놓인 손수건이 크리넥스 한 장처럼 점점 얇아져 서로 투과할 수 있게 되었다. 특히 2020년 이후 온라인 세상이 일상생활이 되면서 더욱 그렇게 되었다.

이 과정에서 변화를 주도한 주체는 자녀들이었다.

팬데믹 기간에 현실 세계의 놀이터는 텅 비어 있었지만 〈마인크래프트〉와 〈로블록스〉의 모래상자는 그 어느 때보다 북적거렸다. 그중 〈로블록스〉에 대한 〈뉴욕타임스〉의 기사에 따르면 "미국의 9세부터 12세 어린이 중 4분의 3이 이 플랫폼을 이용하고 있다. (…) 플레이어들은 (한 달 동안) 사이트에서 30억 시간을 보냈다"[9]고 한다.

교실도 비슷한 변화를 겪었다. 줌 수업의 피로감에 지쳤던 많은 교사는 비트모지로 눈을 돌려 학생 참여를 유도하려고 했다. '에듀케이션 위크'라는 사이트에서 비트모지 열풍을 다루었다. "교사들이 비트모지 교실에 열광하기 시작했다." 캐서린 개워츠는 쓴다. "이 기술과 함께 교사들은 그들에게 가장 중요한 전통을 온라인 버전으로 재창조하려고 노력하고 있다. 온라인에서도 오프라인과 마찬가지로 교사들은 매년 가을 새 학기에 그들 앞에 모여드는 새로운 얼굴을 위한 다채롭고 편안하며 개인적인 공간을 만들고 있다."[10]

이런 공간에서 실제 세계와 디지털 세계는 하나

의 통일체다. 〈마인크래프트〉에서 당신이 만나는 친구들은 당신의 "진짜" 친구들이다. 우리 반 비트모지 선생님이 내주는 숙제는 "진짜" 숙제이다. 이러한 새로운 현실에서 실감하는 철학적 명제는 다음 문장이 될 수 있다. "나는 로그인한다. 고로 존재한다." 사실 우리 다음 세대에서는 온라인에서의 실체가 물리적 실체를 많은 부분 대체하면서 온라인 인증이 궁극적인 존재 확인이 되기도 했다. 이 책을 예로 들어보자. 만약 아마존에 이 책의 기록이 존재하지 않다면 당신이 지금 들고 있는 이 책이 정식으로 출간된 책이라고 확신할 수 있을까? 그저 프린트한 종이 여러 장을 풀로 붙여 놓은 것일지도 모른다고 생각하지 않을까?

이러한 변화를 가장 잘 이해하는 사람들은 어쩌

면 온라인에서 만나고 데이트하고, 결국 결혼까지 하게 된 온라인 게임 커플일 것이다. 작가 스테퍼니 로즌블룸의 표현에 따르면 "이들은 첫 킬kill에 사랑에 빠진 사람들"이다. 이 게임 커플 중에서는 아바타 결혼식을 치르는 커플도 적지 않게 볼 수 있다. 왜 멀티플레이어 게임 세계에서 연애 성공 확률이 높은지 묻자 한 게이머가 이렇게 표현했다. "전화로도 낭만적인 이야기를 할 수는 있지만 아무리 전화를 해도 육체적으로는 연결될 수 없다. 하지만 수천 킬로미터 떨어져 있어도 게임 안에서는 어떻게든 서로의 손을 잡으려 노력해볼 수 있다."[11] 통화에는 육체적 측면이 부족하지만 게임에서는 그렇지 않다. 제어장치를 움직여 상대와 마주보고 앉아서 손을 잡을 수 있고, 이때 따뜻한 촉감까지는 느껴지지 않더라도 '진짜'가 아니라고 할 수도 없다.

온라인 세계에서 있을 수 있는 "영원히 행복하게 살았습니다" 결말 외에도, 사람들이 이 안에서 자신이 생각하는 진짜 자아를 선택할 수 있기에 얻을 수 있는 또다른 장점도 있다. 온라인 세계는 다양한 피부색, 체형, 장애 유무의 몸을 긍정했을 뿐 아니라 섹슈얼리티와 젠더 표현을 지지하기도 한다. 로라 파커는 〈심즈〉가 유저들에게 미친 긍정적인 영향력에 대한 글에서 커밍아웃하지 않았던 동성애자였던 미 해군 군의관 로버트 슐로스의 예를 들었다. 슐로스는 〈심즈〉에서 동성 커플을 만들고 이들과 가정 놀이를 하면서, 자신이 원하는 것이 동성 연인과 행복한 가정을 꾸리는 일이라는 사실을 깨닫게 된다. 또한 2016년에 〈심즈〉는 캐릭터를 만드는 과정에서 젠더의 한계를 지워버린다. 그러면서 트랜스 여성인 블레어 더키가 자신과 같은 신체적 특성을 가진 캐릭터를 조합할 수 있었다. 넓은 어깨에 굵은 목소리를 가진, 날씬한 빨간 머리 여성이었다. "어릴 때부터 항상 여자 캐릭터로 게임을 하고 싶었는데 그때는 왜 그런 줄도 몰랐다.” 그녀는 파커에게 말했다. “만약에 아주 어렸을 때부터 온라인 안에서 트랜스젠더의 긍정적인 모습에 더 많이 노출되었더라면 내 인생이 얼마나 많이 달라졌을지 상상할 수 없다.”[12]

하지만 내가 나의 아바타와 서로 조화롭게 순응하는 문제에는 강한 도덕적 태도가 결부되어 있기도 하다. 우리는 어떤 사람과 그의 온라인 자아가 닮았을 것이라 기대한다. 완전히 다르고 연결점이 전혀 없다면 일종의 사기일 수도 있고, 사기보다 더 최악의 행동으로 여겨질 수도 있다.

헤스는 온라인에 아바타가 처음 도입되었던 시절을 약간은 그리워한다. “당시 모든 게임 세계에서는 이상할 정도로 가치체계가 엄격했다. 모두가 같은 시스템에서 자신의 미니 미를 만들었고 같은 규칙 안에서 게임을 했다.” 헤스에 따르면 “아바타 만드는 방식이 모호해졌을 때 붕괴가 일어났다”. “자기가 아닌 척하는 사람들은 게시판에서 막말과 비하 발언을 일삼고 트위터에 협박 글을 올리면서도 온라인이라는 안전한 이불 뒤에 숨을 수가 있다. 아바타는 질서를 세우기보다는 혼란을 조장하는 도구가 되었다.”[13] 여기서 온라인 속의 선량한 시민들은 대체로 자신과 닮은 미니 미 아바타를 만든다. 혼란과 공포로 질서를 무너뜨리려 하는 사람들은 대체로 현실의 자신과 가상 자아 사이에 유사점이라곤 없는 이들이다. 정부나 조직을 공격하는 국제 해킹 조직인 어나니머스가 ‘저항’의 상징인 가이 포크스의 가면 뒤에 숨은 것이 대표적인 예라고 할 수 있다.

가끔은 온라인에서 윤리적 태도에 대한 강조가 필요해 보이기도 한다. 〈로블록스〉에서 ‘흑인의 생명은 소중하다’ 운동이 일어났을 때 〈뉴욕타임스〉에 따르면, 이 운동에 참여한 유저 중 자기 아바타의 피부를 어둡게 한 이들이 있었고 이들은 연대의 잘못된 시도라고 말했다. 열두 살 흑인 유저인 가비 모틀리는 이런 행동을 일컬어 '가상의 블랙페이스'라고 일갈하기도 했다.[14] 사실 이모티콘 사용 중에도 이런 종류의 인종적 전유가 나타나기도 한다. 팟캐스트 〈코드 스위치〉에서 한 엄마가 자신의 열다섯 살인 백인 딸이 검은 피부의 이모지를 사용하려 하는데 딸과 어떻게 인종문제에 대해 논할 수 있을지를 묻는다. 쿠마리 데브라잔은 이렇게 답한다.

우리가 온라인 세계로 발을 들여놓으면서 나의 실제 정체성은 숨겨도 된다고 생각하기 쉽습니다. 하지만 우리가 스크린 뒤에 숨었다고 해서 실생활에서 존재하는 힘의 역학 관계가 사라지지는 않습니다. (…) 혹시 따님이 주먹을 쥔 이모티콘의 피부가 검은색일 때 더 반항적으로 보인다고 생각하지 않았을까요? 손뼉 치는 손이었다면 흑인의 손이 더 리듬감 있다고 생각하지 않았을까요? 칭찬하는 손일 때 검은색이어야 더 극적으로 보인다고 생각했을까요? 매니큐어를 칠한 손이 더 섹시해

보였을까요? 만약 따님이 그렇다고 생각해서 그 검은 피부 이모티콘을 사용했다면 어머님은 잘 설명해주셔야 할 것 같아요. 따님의 의도가 나쁘지 않았다고 해도 흑인에 대한 해로운 고정관념을 재생산하고 있다고 할 수 있습니다.[15]

특히 여성의 경우 완벽한 아바타를 보여야 한다는 압박을 느낀다. 아바타와 자신의 실제 모습이 일치하지 않을 경우, 아바타가 생성하는 새로운 미의 기준에 숨막혀하기도 하고 죄책감을 느끼기도 한다.

예컨대 내 지메일 아바타는 어떨까? 지메일에서 사용하는 내 얼굴 사진은 결혼식 사진 중 한 장에서 가져왔다. 그날의 내 사진에는 전문 사진작가의 기술과 메이크업 아티스트의 손길이 들어갔다. 그날 나는 미술관 계단, 은은한 조명 아래에서 포즈를 취했다. 미용실에 다녀왔으니 당연히 머리가 예쁜 날이었다. 나는 전문가들의 코칭 속에서 내가 만들 수 있는 가장 예쁜, 완벽한 인형 미소를 지었다. 이 아바타는 분명히 내가 맞다. 그러나 상품처럼 제작된 버전의 나다. 나는 〈세컨드 라이프〉 유저들이 자신의 커스텀 아바타를 구매할 때처럼 돈을 지불하고 이 사진을 얻었다고 할 수도 있다. 그런데 나에게 온라인으로 연락하는 사람들은 이 얼굴부터 본다. 내가 이메일을 보낸 누군가가, 이를테면 잠재적 고용인, 집주인, 대출 담당자가 실제로 나를 만나서 이 아바타와 자기 앞에 있는 진짜 사람 사이의 간극을 느낀다면 어떨까? 혹시 속았다고 느끼지 않을까? 나의 정직성이라든가 됨됨이에 의문을 던지지 않을까? 그리고 내가 그에 따른 대가를 치르게 되지는 않을까?

에어비앤비가 처음 시작되었을 즈음 나는 계정을 만들면서 프로필사진으로 당시 유명했던 심술쟁이 고양이 사진을 올렸다. 주말여행을 가기 위해 에어비앤비 매물을 살펴보다 어떤 집에 예약 신청을 했는데 내 예약이 거부당하는 일이 있었다. 이후에 집주인이 설명하길, 내 신용카드에는 문제가 없었지만 내 아바타에 거부감이 생겼다고 했다. "저는 고양이를 무척 좋아하는 사람인데요. 회원님이 그 고양이 사진이 귀엽다고 생각해서, 아니면 장난으로 올렸다는 걸 알고 있습니다. 하지만 제가 보고 싶은 것은 손님의 얼굴이지 고양이가 아니라서요." 꾸중 듣는 기분이 들었고 나는 곧 수염 난 심술쟁이 고양이 사진을 내 웃는 얼굴 사진으로 바꾸었다. 그제야 예약이 확정되었다. 하지만 그다음부터 궁금해졌다. 이 남자는 왜 나를 볼 자격이 있다고 생각했고 그가 확신하고 싶었던 것은 무엇일까? 나의 외모가, 인종이 궁금했

나? 아니면 나이가? 혹은 내가 기본적으로 인간이라는 사실에 대한 확인이 필요했을까?

변신하는 여성에 대한 뿌리깊은 공포가 있는데 이는 서구문화의 근간인 고대 신화까지 거슬러올라간다. 『여성과 다른 괴물들』에서 제스 지메르만은 공포와 두려움을 주는 여성들의 이야기 — 메두사, 사이렌, 퓨리furies* — 는 여전히 남아 오늘날에도 긴 그림자를 여성에게 드리우고 있다고 말한다. 남성들은 이런 올드 걸O.G. 괴물 신화로 "일반적으로 모든 여성을 향한 의심, 즉 알고 보면 이 여자들에게는 날카로운 발톱과 꼬리가 달려 있을 거란 의심"을 던진다.[16] 눈으로 상대를 직접 확인할 수 없는 인터넷은 이러한 오래된 공포가 다시 수면 위에 떠올라 부글거리게 한다. 그중에서도 가장 기괴하고 음침한 여자 괴물이 스킬라Scylla다. 오비디우스는 『변신 이야기』에서 스킬라를 허리 위로는 매우 아름답지만 허리 아래로는 짖어대는

* 그리스 신화에 나오는 복수와 징벌의 여신인 세 자매 에리니에스의 별칭.

개의 머리가 달려 있어, 남자들을 켄터키 프라이
드치킨처럼 뜯어먹는 존재로 묘사한다.

하지만 아름다움이 보는 사람의 눈 속에 있듯이
괴물성도 사람에 따라 다르다. 지메르만은 쓴다.

만약 기준이 바늘구멍처럼 좁다면 거의 모든
것이 괴물로 보일 수가 있다. 오직 작고 마른 사람
만 아름답다고 한다면 중간 사이즈만 되어도 그
로테스크하게 보일 수 있다. 오직 조용하고 얌전
해야만 한다면, 조금만 목소리가 커져도 기괴한
괴물 취급을 받을 수 있다. 억제당할수록 일탈할
수밖에 없게 되고, 작은 일탈도 기이하게 보이고
심지어 위험해 보이기도 한다.

제스 지메르만에 따르면 스킬라의 신화는 결점이 있는 여성의 몸을 있는 그대로 노출하는 이야기라서 공포를 준다고 말한다. 그 몸은 남성들의 판타지를 유지할 수 없게 만든다—완벽하고 섹시한 슈퍼모델도 여전히 냄새, 체모, 고름, 담즙, 설사, 콧물, 주름, 구토라는 것이 존재하는 몸일 수밖에 없다. 이 논리에 따르면 모든 아름다움은 미끼가 있는 덫이라 할 수 있는데 어떤 몸이건 여전히 오작동할 수 있기 때문이다.[17]

아바타에 대한 공포는 블록버스터 소설『레디 플레이어 원』에서도 발견할 수 있다. 이 소설의 주인공 웨이드는 현실 세계와 뭐든지 가능한 오아시스라는 가상 현실을 오간다. 그는 자신이 사랑에 빠진 아트3미스Art3mis에 대해 묘사하면서 과연 그가 진짜인지 아닌지 의심하기 시작한다.

오아시스에 가면 모두가 깜짝 놀랄 정도로 아름답고, 점차 아름다운 얼굴만을 보는 데 익숙해진다. 하지만 아트3미스의 얼굴은 다르다. 아바타 생성 템플릿의 메뉴에서 가장 그럴싸한 요소만을 선택해 조합한 얼굴처럼 보이지는 않는다. 그녀의 얼굴은 실제로 존재하는 사람처럼 개성 있어서 마치 어떤 사람의 얼굴을 스캔한 다음 아바타에 입힌 것만 같다. 엷은 갈색의 커다란 눈동자, 튀어나온 광대뼈, 뾰족한 턱, 그리고 얼굴 위로 살짝 떠오르는 조소가 그렇다.

이러한 진짜다움이 그녀를 "거부할 수 없이 매력적으로" 만든다.[18]

아트3미스의 얼굴과 신체는—"키가 크지 않고 루벤스화풍으로 넉넉하고 풍만함, 곡선으로만 이루어짐"—웨이드가 가짜라 느끼는 다른 여성 플레이어들과는 완전히 대조적이다. "오아시스에서 여자의 몸은 둘 중 하나다. 유명 슈퍼모델처럼 기형적으로 보일 정도로 길고 늘씬하거나 포르노 스타처럼 가슴은 풍만하고 허리는 가는 체형이다"[19] — 모든 것이 가능한 세상에서 여성 플레이어 중 누구도 티라노사우르스나 페가수스나 피카츄가 되고 싶어하지 않는다는 사실은 가부장제의 미적 기준은 어떤 집단에도 강하게 입력되어 있다는 것을 의미한다. 아트3미스는 이중에서도 우월해 보이는데 이 세계의 다른 여성 플레이어들과는 달리 진짜 같은 몸을 지닌 진짜 아바타이기 때문이다. 그리고 그 모습은 남자들의 눈에 참으로 바람직해 보인다.

그러나 웨이드는 아트3미스를 유혹하는 과정에서 계속 안절부절못하는데, 아트3미스의 외모와 플레이어가 완전히 다를지도 모른다는 걱정 때문이다. 심각하게 트랜스 혐오적인 문장들이 깔려 있는 한 문단에서 그는 아트3미스가 "지구 밖에 위치한 엄마 집 지하실에 얹혀사는, 몸무게가 130킬로그램쯤 되는 거구의 남자"일지도 모른다는 생각에 여러 번 빠져든다. 결국 그는 참지 못하고 채팅을 하다가 그녀에게 대뜸 묻기도 한다. "이

제 솔직히 말해봐요. 당신 여자 맞나요? 성전환수술을 하지 않은 인간 여자가 맞지요?"[20]

마침내 그는 그녀의 사진을 손에 얻게 되고, 웨이드는 너무 떨린 나머지 사진을 보기 전에 심호흡을 해야만 한다. "다행히 실물 모습도 아바타와 거의 흡사하다. 아바타와 같은 짙은 갈색 머리, 엷은 갈색 눈동자. 내가 너무 잘 알고 있는 그 아름다운 얼굴이 맞다." 진짜 자아와 가상 자아의 유일한 차이점은 와인색의 작은 반점뿐인데 웨이드는 이 '결점'조차도 매력적이고 사랑스럽다면서 이 로맨스의 남자 구세주 역할을 자처한다. "내 눈에 그녀의 점은 미모를 전혀 해치지 않는다. 이 사진 속 얼굴은 내 생각보다 더 아름답다."[21] 로봇 전쟁과 우주 성이 있는 비디오 게임 속 판타지 세계에서도 여성들은 자신의 아바타와 근접한 외모여야만 하고, 그렇지 않으면 도덕적이지 않다고 간주되거나 실망만을 준다.

그래도 나는 웨이드가 얼굴에 점이 있는 통통하고 풍만한 여성에게 매력을 느꼈다면 그 점으로 칭찬받을 만하다고도 생각했다. 이런 특징 또한 서구 사회의 '전통적으로 매력적인 외모'라는 지극히 협소한 정의의 바깥에 있기 때문이다—물론 약간 통통한, 점 하나 있는 것이 그나마 단점인, 칼을 잘 쓰는 매력적인 여인에게 매혹되는 건 기준점을 낮추었다고 하기에는 너무나 수월한 일이라고 생각한다. 웨이드는 디스토피아 미래의 '통통하고 풍만한 아내를 좋아하는 남자' 중 하나일 뿐이다. 하지만 확실한 건 오아시스라는 가상 세계의 여자 아바타가 슈퍼모델이나 포르노배우를 기본으로 하는 이유가 있다는 점이다. 이 소설에서 남성 작가 어니스트 클라인은 백인 남성의 시선으로 본 세계만을 그리며, 한 번도 자신의 관점을 수정하려고 하지 않고 자신의 관점이 일반적인 기준이 아닌 영역은 전혀 상상하지도 못한다. 사실 이제까지 그것이 표준이었던 건 사실이다. 여자아이들은 아주 어렸을 때부터 자신들이 패션 인형이나 섹스 인형으로 비춰졌을 때 보상을 받는다는 것을 알게 되고, 디지털 공간에서도 같은 기준에 따라 보상받거나 받지 않는다는 걸 안다. 원래 모습을 아바타에 그대로 드러내는 것이 곧 외모상의 결점을 드러내는 것을 의미한다면 나는 큰 위험을 감수하는 셈이 된다. 다른 사람들이 버튼 몇 개만으로 자신의 외모를 업그레이드하며 완벽한 외모로 사람들에게 찬양을 받는다면 더욱 그럴 것이다.

지메르만은 아무리 그렇다 해도 자신의 몸을 완벽한 이상에 맞추는 것은 불가능하다고 농담처럼 말한다. 왜냐하면 미의 궁극적인 이상은 "완전히 사라지는 신체이자 포토샵으로 수정할 수 있는 신체이지만 섹스는 할 수 있는 육체"[22]이기 때문이다. 나도 그 말에 동의한다. 하지만 이렇게 재치 있는 말로 이 게임을 끝낼 수 있는 것도 아니다. 새로운 영역에서 발전할 수 있는 단 하나의 방법이 있다. 우리의 아바타를 내면화하는 것이다.

*

여성이 외모를 왜곡하는 일을 받아들이고 내면화한 것은 이번이 처음은 아니다. 코르셋을 생각해보자. 코르셋을 생각하면 떠오르는 이미지는 코미디에 가깝다. 부유한 가문의 아리따운 아가씨가 침대 기둥을 필사적으로 붙잡고 있고, 하녀가 코르셋의 끈을 강하게 잡아당기고 있다. 급기야 하녀는 아가씨의 등에 자신의 발을 올려 지렛대로 사용하기도 한다. 하지만 코르셋은 그저 허영심 많은 사람, 부유층에게만 국한된 소품이 아니었다. 노동자 계층 여성들도 코르셋을 착용했는데 의상 사학자 밸러리 스틸에 따르면 "편안함은 언제나 여성의 외모, 사회적 지위, 체면보다 뒷전이었기 때문이다". 이것은 거래다. 허리를 꽉 쪼여

날씬하게 보이지만 숨을 잘 쉬지 못한다. 이 거래는 오랫동안 상당히 공정한 거래로 여겨졌다. 코르셋이 사라진 것은 이 사회가 진보했음을 뜻한다. 마침내 여성들은 마음껏 움직이고 자유롭게 숨쉴 수 있게 되었다! 하지만 코르셋이 정말로 우리 곁을 영영 떠났을까? 스틸을 포함해 많은 학자는 그렇지 않다고 말한다. "여성들은 코르셋을 내면화했고, 이제는 코르셋을 다이어트와 운동으로 교체했을 뿐이다." 스틸은 말한다. "오늘날의 여성들은 YMCA의 근력·체형 교정 수업에 가고 허리를 끈으로 조이는 대신 수십수백여 차례 복근운동을 한다."[23] 다시 말해 코르셋과 코르셋의 불편함은 여전히 우리와 함께 살고 있다. 우리는 그저 숨을 못 쉬게 하던 뼛조각을 바이시클 크런치로 바꾸었을 뿐이다.

　마찬가지로 아바타도 스크린에서 신체로 이동하고 있다. 지난 10년 동안 과장된 컨투어링 메이크업과 소셜미디어 필터의 세상이 되었다. 과거에는 이러한 수준의 메이크업이나 포토샵을 전문 사진작가의 화보 촬영에서나 적용했지만, 이제는 새로운 표준이 되었다. 미래에는 아바타와 자아라는 분할 스크린 사이에 특이점이 올 것 같다. 어떤 옷을 입으면 그 옷의 옷깃에서 조명과 그림자와 색상을 얼굴에 투사하여 물리적 세계의 당신에게 '필터'를 입힌다면 어떨까? 혹은 투명한 고분자 필름을 얼굴에 쓰면 모든 결점을 지워주고 피부색도 완전히 달라 보인다면 어떨까? 지금 〈레디 플레이어 원〉 같은 디스토피아적인 미래를 이야기하는 것이 아니다. 이러한 '두번째 피부' 필름은 하버드와 MIT의 과학자들이 이미 발명했고, 우리가 이 세상에 보여주고 싶은 얼굴을 선택하고 적용하는 시대로 우리를 데려가고 있다. 우리가 보여주고 싶은 모습이란 곧 모공도 솜털도 주름도 없는 얼굴, 피부라기보다는 아이폰 화면에 가까운

번쩍이고 매끄러운 표면일지도 모른다. 변하지 않

는 얼굴에게 그것은 진정 게임 오버인 것이다.

*

　나의 비트모지는 오래 살아남지 못했다. 이 또

한 한때 반짝하다 지나간 유행이었다. 다른 많은

인형처럼 나는 잠시 동안 그녀와 놀았지만 내가

앞질러 자라버렸다. 몇 년 후 2020년에 팬데믹이

일상생활을 지배하자 나의 인생 전체, 나의 일과

여가가 모두 줌으로 이동했다. 노트북 비디오 해

상도가 그리 선명하지 않았던 덕분에 나의 잔주름

이 지워졌고, 내가 서재에서 사용하기 위해 산

LED 조명은 다크서클을 지워주었다. 줌은 스냅챗

과 비슷한 필터 기능을 추가했고 나는 장밋빛 뺨

과 커다랗고 반짝이는 눈을 갖게 되었다. 이러한 변신을 거치면서 내가 비트모지가 되었다는 사실을 깨달았다. 나의 그녀는 그해 '해피 아워 드링크'에 참여했고 책 낭독 행사와 넷플릭스 보기 파티 등 가상의 공간에 일어난 모든 행사에 참가했다. 마스크와 늘 함께였던 격리된 생활에서 그녀는 공적인 자리에서의 내가 되었다.

나는 평생 내가 사랑한 인형들—바비 인형, 도자기 인형, 아메리칸 걸 인형, 오드리 헵번 인형—을 완벽하게 모방하려 했지만 실패했는데 마침내 거의 태초부터 달성해야만 한다고 교육받았던, 최종 목표에 도달한 것이다. 나는 인형이 되었다.

내가 비트모지라는 인형이 되면서 잃은 것은 무엇이었을까? 나의 실제 세계, 내 이전 삶의 모든 것과 모든 사람이었다고 해야 하지 않을까?

1985년 나는 엄마와 오빠 후안과 시애틀의 한 장난감 가게에 갔다. 그 장난감 가게는 교외의 쇼핑 '빌리지'에 있었던 작은 규모의 개인 장난감 가게로, 학교에서 멀지 않았고 이상하게도 가게 이름이 피퍼 아저씨네 집*이었다. 우리집 거실만한 크기의 매장에는 건드의 애착 인형과 동물 인형으로 가득했고 보석 같은 사탕이 담긴 유리병이 빼곡하게 놓여 있었다. 그때 오빠는 자기가 모은 용돈으로 주머니에 들어갈 만한 크기의 아기 인형을 사고 싶다고 했다. 오빠가 사고 싶어한 인형은 플라스틱 갓난아기 인형으로 머리카락도 플라스틱

---

* 엿보는 사람의 가게라는 뜻.

이었고, 똑딱단추로 여밀 수 있는 파란색과 흰색의 줄무늬 파자마를 입고 있었다. 하지만 오빠는 자기가 남자아이이기 때문에 이런 아기 인형을 사고 싶어해서는 안 된다는 사실을 직감적으로 이해하고 있었다. 오빠는 상점의 뒤쪽에서 한참 서성였고 인형을 차마 계산대로 가져가지 못했다. 엄마와 오빠는 귓속말로 무언가를 상의하더니 오빠가 용돈을 엄마의 손에 건네주었다. 오빠는 먼저 주차장으로 가 있기로 한 것 같았다. 장난감 가게 문에 달린 작은 종이 울렸고 오빠는 마치 도망가듯이 우리 자동차가 있는 쪽으로 뛰어갔다.

"오빠가 조금 쑥스러운가봐." 엄마는 작은 목소리로, 오빠의 손가락 자국이 그대로 남아 있는 꼬깃꼬깃한 지폐와 손안에 든, 마치 고아처럼 불쌍하게 놓여 있던 플라스틱 아기 인형을 바라보면서 말했다. 엄마는 나를 데리고 계산대로 갔고, 안경을 코에 걸친 인자한 할머니 직원이 우리의 파자마 아기 인형을 계산하더니 나를 보며 고개를 크게 끄덕였다.

"예쁜 인형으로 잘 골랐네요!" 그분이 인형을 들어올리며 말했다. 나는 인형을 포장하는 동안 왠지 모르게 숨을 죽이고 있었다.

구매는 성공적으로 이루어졌고 엄마와 나는 장난감 상점에서 나와 오빠에게로 걸어갔다. 오빠는 주머니에 손을 찔러넣고 우리 차 혼다의 트렁크에 기대서 있었다. 오직 이곳에서만 물품 인계가 이루어진다. 엄마는 밀수품이라도 건네듯이 오빠에게 인형이 들어 있는 쇼핑백을 건네준다. 집으로 돌아오는 길, 차 안은 조용하다.

오빠가 리틀 보이 블루에 관심을 보인 시기는 짧았다. 부끄러움을 무릅쓰고 갖고 싶어했지만 얼마 후에는 이 인형을 버리고 〈스타워즈〉와 핫휠과 트랜스포머의 세계로 돌아갔다. 오빠는 자신이 있을 장소가 우주 모험 활극, 개조 자동차, 외계 로봇의 영역이라고 느끼는 듯했다. 오빠는 나보다 두 살 반 많았기에 우리는 늘 같이 놀았다. 나 또한 오빠의 액션 어드벤처 세계에 동참해, 오빠에게 루크의 레아가 되어주기도 했다. 레이저 건의 '퓨퓨' 소리와 광선 검의 '우쉬 우쉬' 소리가 오가는 오후들이 있었다. 하지만 나는 오빠와는 달리 계속해서 인형의 바다에—아기 인형, 바비 인형, 종이 인형, 수집용 인형—빠져 살 수 있었다. 친구나 사촌과 놀 때, 혹은 나 혼자 놀 때 결국 찾게 되는 건 내 인형들이었다.

오빠는 내 유일한 형제로 쌍둥이는 아니지만 유전자 면에서 나와 가장 가까운 지구인일 것이다. 과학 연구에서는 변수를 최대한 줄이기 위해 쌍둥이를 대상으로 실험을 하는 경우가 많다. 2016년 우주비행사 스콧 켈리는 우주 정거장에서 340일 동안 장기 체류하다가 지구로 돌아왔다. 스콧이 지구에 무사히 도착한 후 우주 체류가 신체에 미치는 영향을 알고자 각종 검사가 진행되었다. 같은 시간 동안 지구에서 생활했던 일란성쌍둥이 동생 마크가 대조군 역할을 했다. 오빠와 나도 그 형제와 크게 다르지 않다고 할 수 있다. 우리 남매는 같은 부모님 밑에서, 같은 도시에서 자랐고 같은 중고등학교에 다니고 〈욕심쟁이 오리 아저씨 Ducktales〉라는 똑같은 만화를 보고 같은 통밀빵으로 만든 땅콩버터 샌드위치를 먹었다. 한 가지 달랐던 점은 성장기에 나만 '인형의 행성'으로 떠나 몇 년 동안 여성성의 고정관념이라는 은하수를 항해하다 왔다는 점이다.

성장하면서 우리의 길은 전형적인 젠더 고정관념에 따라 갈라졌다. 나는 여대를 다녔고 오빠는 남녀공학 대학교에 갔다. 나는 인문학을 전공했고 오빠는 물리학 및 천문학을 공부했다. 나는 동료의 78퍼센트가 스스로의 정체성을 여성으로 규정하는 이들인, 출판 분야로 진출했고 오빠는 67.6퍼

센트가 고등교육을 받고 정체성을 남성이라고 규정하는 이들인, 이공계 분야로 진출했다.[1][2]

하지만 우리가 모든 것을 우리의 젠더에만 발맞추어 살아왔던 건 아니다. 나는 비디오 게임, 만화책, 마블 영화를 좋아한다. 우리 오빠는 대체로 스포츠에는 양가감정을 품는 편이고 머리를 길러 하나로 묶고 다닌다. 우리 둘 중에 오빠만이 부모가 되는 선택을 했다. 하지만 그 선택이 나에게는 오빠의 어린 시절 인형이 예견한 미래로 보이기도 한다. 오빠가 어린 아들을 공중에 던지면서 숨넘어갈 정도로 깔깔대는 웃음소리를 듣는 모습을 볼 때면, 1980년대 엄격한 젠더 통념을 깨면서도 오빠가 갖고 싶어했던 리틀 보이 블루가 떠오른다. 나의 아기 인형은 패션 인형과 도자기 인형이었으니 어쩌면 내가 육아를 포기한 것은 당연한 결론일지도 모른다. 그때나 지금이나 나는 찍찍이 기저귀 채우기를 좋아한 적이 없으니까.

가끔은 궁금하다. 만약 오빠가 계속 인형을 갖고 놀고 내가 인형을 완전히 피했다면 우리의 관계, 우리의 직업, 자아감이 반대로 바뀌었을까? 우리의 삶이 일련의 변수들이 조합된 결과라고 본다면, 하나의 변수로서 인형의 유무가 우리가 어떤 사람이 되었는지에 얼마나 많은 영향을 미쳤는지 누가 말할 수 있을까?

나 자신을 나사에 연구 대상으로 제출하여 실험하고 결과를 얻을 수 있으면 좋겠다고 생각한다. 나는 흰색 연구복을 입은 진지한 표정의 과학자들에게 둘러싸여 들것으로 이동한다. 이들의 클립보드에는 체크할 수 있는 여러 항목이 있다. 혈액 채취를 통해 자존감 하락 여부라든가, 뇌 스캔을 통해 부정적인 고정관념 흡수 여부를 증명할 수 있다면 얼마나 좋을까. 나사가 우주비행사의 뼈와 근육이 얼마나 퇴화되었는지를 측정하는 방식으로 내 정신의 변화를 측정할 수 있다면 얼마나 좋을까.

그러나 나의 인형 사랑이 내게 미친 부정적인 영향이 있었을지 몰라도, 나는 사랑하는 인형에 등을 돌리지 못하고 있다. 그렇다. 이 책의 모든 페이지에서 비판의 목소리를 높였지만 내가 여전히 프릴이 잔뜩 달린 이 여성스러운 장난감을 못 말리게 좋아한다고 말한다면, 여러분은 혹시 놀라시려나? 문화비평가 이저벨리아 에레라는 〈뉴욕 타임스〉 회의에서 이렇게 말했다. "나에게 비평은 사랑의 행위여야만 한다. 그렇지 않으면 완전한 시간 낭비일 뿐이다." 그러니 내가 인형을 향해 이렇게 쓴소리를 한 이유는 여전히 나에게, 그리고 많은 어린이들에게 소중한 인형의 세계를 약간이라도 변화시키고 싶어서다.

내가 나만의 우주항공기를 타고 러플과 스팽글과 나비 모양이 떠다니는 인형 우주로 여행을 떠나지 않았다면 내 인생은 어떻게 달라졌을까? 우리 오빠가 피퍼 아저씨네 집에서 산 아기 인형뿐만이 아니라 유혹의 인형 바비와 진보적인 인형 큐피와 시간 여행 인형 아메리칸 걸과 할리우드 셀럽 인형을 몰라서 놓친 것도 있지 않았을까? 그는 그사이에 어떤 기쁨과 환희를 놓쳤을까? 오빠는 어떤 책을 쓸 수 있었는데 쓰지 못했을까? 나는 내 우주여행에 엄청난 대가를 치렀지만 오빠 또한 여성성이라는 우주를 부정하면서 뒤늦게 대가를 치렀다. 이는 정확히 측정할 수 없지만 분명 또하나의 손실이다.

영화의 크레디트처럼 카메라가 뒤로 빠지면서 우리의 이야기를 보여주었으면 좋겠다. 두 명의 어린이가 장난감이라는 젠더 가드레일에 둘러싸여 있다가 어른이 되는 이야기를 해보고 싶다. 이 이야기는 기업이 생산한 장난감과 함께 자란 모든 사람의 이야기가 될 수 있을 것이다. 우리는 장난감을 갖고 놀지만 장난감 또한 우리를 갖고 논다.

마지막으로 한 가지 더 큰 질문이 남는다. 만약 인형이 먼저 이 결과를 지시하지 않았다면, 하나의 사회로서 우리는 어떻게 달라졌을까?

감사의 말

가장 먼저 이 시리즈를 담당한 세 명의 기획자, 크리스토퍼 샤버그, 이언 보고스트, 해리스 나크비에게 감사를 전한다. 이 세 남성들은 인형처럼 여성스러운 무언가를 깊게 탐색할 가치가 있는 소재로 보았을 뿐만 아니라 심오한 지적 탐구가 가능할 수 있는 장을 마련해주었다. 이언 보고스트는 내가 〈애틀랜틱〉에 연재했던 여성을 주제로 한 글을 읽어왔다고 말해주었고, 크리스토퍼는 나의 원고가 '더 풍부하게extra' 뻗어나갈 수 있도록 지원해주었다. 내 원고에 쓰인 그의 조언은 언제나 감사히 받아들였다. 에밀리 리빙스턴과 블룸즈버리의 모든 부서 직원들도 아이디어와 생각을 더해주었다. 훌륭한 재능으로 이 책을 돋보이게 해준

블룸즈버리 출판사의 제작, 디자인, 마케팅 부서 직원들에게도 고마움을 전하고 싶다.

이 책의 모든 단계에서 피드백을 해준 브라이언 그레스코에게는 아무리 감사를 보내도 부족하지 않을 것이다. 그는 타고난 교사이자 동기부여자이며 그 점을 항상 증명해 보였다. 나의 멋진 글쓰기 모임인 23번가 살롱의 회원들―코트 스트라우드, 에드워드 사르팻, 리사 L. 키르히너, 도리 올즈, 알렉스 밀러, 벳시 파버, 제프 헤닝선, 요해나 버크먼, 실라 맥클리어, 로라 샤프, 에밀리오 메사, 마이클 크로퍼드, 세라 돈기―에게도 감사와 사랑을 보낸다. 모두 나의 원고에 정성스러운 피드백을 해주었고 내가 작가가 되기까지 모든 단계마다 나를 물심양면으로 응원해주었다. 작가

　　　　　　　　　　　　　　　인형

로서의 나의 멘토인 프랜시스 플라어는 내 글과 노력에 자신감을 불어넣어 아무리 거절을 당해도 계속해서 글을 쓰고 세상 밖으로 내보낼 수 있게 해주었다. 우리 사이에 오고간 편지는 나의 가장 소중한 보물이다. 수전 셔피로는 멋진 사람들을 내 인생에 소개해주었다.

아직 내세울 것 없는 무명 작가였던 시절에 나를 발견해 작가 경력을 쌓게 해준〈애틀랜틱〉에디터인 레니카 크루즈에게 늘 감사하고 있다. 스타 작가인 루크 에플린은 너무나 너그럽게 훌륭한 인맥이 될 편집자들을 소개해주고 내가 따르고 싶은 작가의 길을 보여주기도 했다.

〈포더스 트레블〉〈오이스터〉〈스마터트래블〉등 미디어에서 일했던 시간을 특별하게 만들어준, 열정적인 언어 장인들에게 감사한다. 그들과 함께 일해 행운이라고 생각한다. 글로 쓰인 단어들이 존중을 받고 작가에 대한 꿈이 찬사를 받는 이 커뮤니티에 속해 있어 축복받았다고 여기고 있다. '새벽 다섯시 글쓰기 클럽'의 멤버인 조시 로버츠는 나에게 수면 시간은 줄이더라도 업무 시간 외에 글쓰기를 하며 성취감을 느낄 수 있음을 알려주었다. 바쁜 가운데에서도 어떻게든 여유 시간을 만들어 마음을 바쳐 진실한 글을 쓸 수 있다는 사실을 훌륭하게 증명해 보인 켈시 블러짓에게도 감사한다. 또한 나의 모든 문자와 전화에 답으로 훌륭한 조언을 아끼지 않았던 레이철 클라인에게도 마음을 전한다.

나의 응원 체계는 우리 가족 없이는 완성되지 않을 것이다. 법으로 가족이 된 톰과 로즈메리는 내가 쓴 모든 기사와 칼럼을 읽고 지지해주었고 모든 작가에게 나와 같은 행운이 있기를 바라게 해준다. 또한 나의 또다른 가정인 하트 집안 가족들도 늘 나와 함께했다. 또한 버웰 가족 또한 나의 에세이에 종종 등장하는 나의 편이다. 칠레의 친지와 가족 또한 내가 여러 면에서 내가 될 수 있게 만들어주었다. 윈터 가족도 말하고 지나가지 않는다면 태만의 죄를 범한 것이다.

우리 부모님에게, 나를 사랑으로 길러주고 정크 파일을 보존하여 찾을 수 있게 해주셔서 감사드린다고 말하고 싶다. 아버지는 언제나 책을 쓰는 사람이 되라고 말씀해주셨고 이 책을 책장에 꽂으면서 자랑스러워하실 거라 믿는다. 어머니는 나의 인형 보물찾기를 함께 해주었다. 나의 별난 취미를 지지해준 어머니야말로 이 책의 시작이었다고 할 수 있다.

나의 조카들 에린, 윌, 아니카, 사이먼시토에게도 사랑을 전한다. 조카들이 노는 모습을 보면서 책에 영감을 얻었고 내 인생 또한 한층 밝아졌다.

미키 램버트와 니나 캘러웨이는 두려움이 따라올 때도 이 프로젝트를 끝까지 완주할 수 있는 용기를 주었다. 특히 내 여동생 니나는 인생의 모든 장면에서 함께하면서 모든 사랑과 지원을 아끼지 않았다. 동생의 민트 컨디션 바비 인형은 그녀가 사랑하는 것, 그녀가 진심으로 사랑하는 것의 증거이며 내가 동생의 관심과 사랑을 온전히 받을 수 있는 사람이라서 행운이라고 느낀다. 마지막으로 데이비드 하트에게 나의 모든 사랑과 감사를 전한다. 그는 솔직히 내 인형들을 약간 무서워하면서도 내가 이 책을 꼭 써야 한다고 주장했고, 몇 달 동안 자료 검색을 도와주었다. 그사이 나를 향한 그의 사랑은 한 번도 흔들리지 않았고 그 사실에 진심으로 감사하고 있다.

주

들어가며

[1] "Oh, You Beautiful Doll," Nat D. Ayer (music),
     Seymour Brown (words), 1911 Victor performed by
     Billy Murray and The American Quartet.

[2] Deborah Thompson, "At Home with Richard
     Simmons," *Doll Reader,* May 1998.

[3] Trixie Mattel, "Trixie's Decades of Dolls: The '90s."
     YouTube video. May 7, 2020. https://www.youtube.
     com/watch?v＝UrJh4-fF4RE&t＝510s.

[4] "William's Doll," Mary Rodgers (music), Sheldon
     Harnick (words), November 1972, Media Sound
     Studios and CBS Studios, performed by Alan Alda and
     Marlo Thomas.

[5] Jacey Fortin, "Transgender Doll Based on Jazz Jennings
     to Debut in New York," *New York Times,* February 17,
     2017, ƒhttps://www.nytimes.com/2017/02/17/busi-
     ness/transgender-doll-jazz-jennings.html.

[6] Eliana Dockterman, "'A Doll for Everyone': Meet
     Mattel's Gender-Neutral Doll," *Time,* September

25, 2019 https://time.com/5684822/mattel-gender-neutral-doll/.

[7]   Alex Myers, "The Alarming Message of Mattel's 'Gender-Neutral' Dolls," *Slate,* November 8, 2019, https://slate.com/business/2019/11/mattel-gender-neutral-dolls-are-about-sales.html.

[8]   Trixie Mattel, "Trixie's Decades of Dolls: The '80s." YouTube video. April 30, 2020. https://www.youtube.com/watch?v=FD43vZrPoGo.

1. 중요한 건 몸: 바비 인형

[1]   David M. Ewalt, "A Real Doll," *Forbes,* March 5, 2009, https://www.forbes.com/2009/03/05/real-barbie-proportions-business_distortion.html?sh=230a90e041ba.

[2]   Jillian Steinhauer, "Deconstructing Barbie's Disproportion," *Hyperallergic,* July 5, 2013, https://hyperallergic.com/74913/deconstructing-barbies-disproportion/.

[3]   Gene Kim and Benji Jones, "We compared our bodies

to Barbie. Here's what the doll would look like in read life," *Insider,* January 2, 2021 (updated), https://www.businessinsider.com/barbie-ken-dolls-would-look-like-real-life-unrealistic-body-2019-6.

[4] "Feminists Protest 'Sexist' Toys in Fair," *New York Times,* February 29, 1972, https://www.nytimes.com/1972/02/29/archives/feminists-protest-sexist-toys-in-fair.html.

[5] Tanya Lee Stone, *The Good, The Bad, and the Barbie: A Doll's History and Her Impact on Us,* (Viking Book for Young Readers, 2010), 57.

[6] Hole, "Doll Parts," 1994.

[7] Hole, "Doll Parts," Youtube video. https://www.youtube.com/watch?v=RD9xK9smth4.

[8] Madeline Boardman, "Courtney Love Doesn't Regret Her Nose Job, Lost Acting Role to Julia Roberts in Satisfaction," *US Weekly,* November 19, 2014, https://www.usmagazine.com/celebrity-news/news/courtney-love-doesnt-regret-nose-job-lost-movie-gig-to-julie-roberts-20141911/.

[9] Charlotte Cowles, "Courtney Love's Fresh Start," *Harper's Bazaar,* July 14, 2015, https://www.harpersbazaar.com/culture/features/a11467/courtney-love-0815/.

[10] Stone, *The Good, The Bad, and the Barbie: A Doll's History and Her Impact on Us,* 32.

[11] Ann Shoket, *Seventeen Ultimate Guide to Guys: What He Really Thinks About Flirting, Dating, Relationships, and YOU!,* (Running Press Adult, 2013), 12.

[12] Rebecca Flood, "Living Doll: UK's oldest real-life

Barbie, 48, who's spent 32k pounds on 105 surgeries in 13 years now gets a new face," *The Sun,* June 10, 2019, https://www.thesun.co.uk/fabulous/9260457/old-human-barbie-doll-face-surgery-plastic/.

[13] Marianne Mychaskiw, "Welcome to the Dollhouse; A Conversation With Human Barbie, Nannette Hammond," *InStyle,* March 13, 2017 (updated), https://www.instyle.com/beauty/nannette-hammond-human-barbie-interview.

[14] Aqua, "Barbie Girl," *Aquarium,* 1997.

[15] Michael Idov, "This Is Not a Barbie Doll. This Is an Actual Human Being," *GQ,* July 12, 2017, https://www.gq.com/story/valeria-lukyanova-human-barbie-doll.

[16] "THE FIRST WE GIRLS CAN DO ANYTHING BARBIE SLOGAN COMMERCIAL." YouTube video. Posted by 80scommercialsforever, August 15, 2009, https://www.youtube.com/watch?v=CXVFrHwX-HwA.

[17] Tanya Lee Stone, *The Good, The Bad, and the Barbie: A*

인형

Doll's History and Her Impact on Us, (Viking Book for Young Readers, 2010), 85.

[18]   Tracie Egan Morrissey, "Growing Up, Everyone Did Dirty Things With Their Barbies," *Jezebel,* September 12, 2007, https://jezebel.com/growing-up-everyone-did-dirty-things-with-their-barbie-299195.

[19]   Anthony Ferguson, "The Sex Doll: A History," (McFarland & Company, 2010), 27-29.

[20]   Julie Beck, "A (Straight, Male) History of Sex Dolls," *The Atlantic,* August 6, 2014, https://www.theatlantic.com/health/archive/2014/08/a-straight-male-history-of-dolls/375623/.

[21]   *Ex Machina,* 2014, directed and written by Alex Garland.

[22]   Amy Kurzweil, "(Me)chanical Reproduction, Technofeelia vol.13," *The Believer,* December 2020/ January 2021.

[23]   Ta-Nehisi Coates, "What We Mean When We Say 'RaceIsaSocialConstruct,'" *The Atlantic,* May 15, 2013, https://www.theatlantic.com/national/archive/2013/05/what-we-mean-when-we-say-race-is-a-social-construct/275872/.

[24]   Kelly Kasulis, "Asian Barbie's evolution wasn't intelligently designed," February 14, 2016, https://www.bostonglobe.com/ideas/2016/02/14/asian-barbie-evolution-wasn-intelligently-designed/ILEA5pNcGUGBVpUZwrpHMK/story.html.

[25]   Koa Beck, *White Feminism: From the Suffragettes to Influencers and Who They Leave Behind,* (Atria Books, 2021), 22.

[26] Hillary Crosley, "Nicki Minaj Explains the Origin of Her 'Barbies,'" *MTV News*, October 29, 2010, http://www.mtv.com/news/2494471/nicki-mi-naj-rapfix-live-barbie/.

[27] Orly Lobel, *You Don't Own Me: How Mattel v. MGA Entertainment Exposed Barbie's Dark Side,*(W.W. Norton & Company, 2017), 34-52.

[28] Mitchell Sunderland, "Meet the Designers Behind the Controversial Bratz Dolls," *Vice,* January 26, 2016, https://www.vice.com/en/article/qkgyvx/meet-the-designers-behind-the-controversial-bratz-dolls.

[29] Arnold Veraa, PhD, "Critique: Report of the APA Task Force on the Sexualization of Girls (2007)," The Institute for Psychological Therapies, Volume 18, 2009, http://www.ipt-forensics.com/journal/volume18/j18_2.htm.

[30] "Weekend Update: Barbie on Her 50thBirthday – SNL," *Saturday Night Live,*https://www.youtube.com/watch?v=wDkjI7YMNbg&t=77s.

[31] Mitchell Sunderland, "Meet the Designers Behind the

Controversial Bratz Dolls," *Vice,* January 26, 2016, https://www.vice.com/en/article/qkgyvx/meet-the-designers-behind-the-controversial-bratz-dolls.

[32] Jonita Davis, "A study found adults see black girls as 'less innocent,' shocking everyone but black moms," *The Washington Post,* July 13, 2017, https://www.washingtonpost.com/news/parenting/wp/2017/07/13/a-study-found-adults-see-black-girls-as-less-innocent-shocking-everyone-but-black-moms/.

[33] Andy Golder, "Bratz—The Toy Company—Made A Really Good Statement About Racism And Social Justice," *Buzzfeed*, May 31, 2020, https://www.buzzfeed.com/andyneuenschwander/bratz-anti-racist-message-black-lives-matter.

[34] Ibid.

[35] Jamie Samhan, "Mattel's Barbie To 'Increase Black Representation' And 'Spotlight More Black Role Models,'" *ET Canada*, June 12, 2020, https://etcanada.com/news/656287/mattels-barbie-to-increase-black-representation-and-spotlight-more-black-role-models/.

[36] Morgan Sung, "Barbie, the only good YouTuber, explains racism in her latest vlog," *Mashable*, October 8, 2020, https://mashable.com/article/barbie-explains-racism-vlog/.

[37] Toni Morrison, "It's like growing up black one more time," *New York Times*, August 11, 1974, https://www.nytimes.com/1974/08/11/archives/rediscov-

ering-black-history-it-is-like-growing-up-black-
one-more.html.

[38] "Barbie had best sales in more than five year in lock-
down boost," *BBC News*, February 9, 2020, https://
www.bbc.com/news/business-56004366.

2. 돈으로 살 수 있는 것: 도자기 인형

[1] Theresa Oneill, *Ungovernable: The Victorian Parent's
Guide to Raising Flawless Children,*(Little, Brown and
Company, 2019), 132.

[2] Hugh Cunningham, *Children and Childhood in Western
Society since 1500,*(Longman, 1995), 62-42.

[3] Miriam Formanek-Brunell, *Made to Play House: Dolls
and the Commercialization of American Girlhood, 1830-
1930,*(Yale University, 1993), 7.

[4] Cunningham, *Children and Childhood in Western Society
since 1500,*138.

[5] Formanek-Brunell, *Made to Play House: Dolls and the
Commercialization of American Girlhood,*3.

[6] Ibid, 16.

[7]   Antonia Fraser, *Dolls,* (Octopus Books Limited, 1963), 35.

[8]   Manfred Bachmann and Claus Hansmann, *Dolls the Wide World Over,* (Crown Publishers, Inc., 1971), 40.

[9]   Gary Cross, *Kids' Stuff: Toys and the Changing World of American Childhood,* (Harvard University Press, 1997), 43.

[10] Thessaly La Force, "The European Obsession With Porcelain," *New Yorker,* November 11, 2015, https://www.newyorker.com/books/page-turner/the-european-obsession-with-porcelain.

[11] Ibid.

[12] Antonia Fraser, *Dolls,* (Octopus Books Limited, 1963), 27.

[13] Ibid, 65-70.

[14] Formanek-Brunell, *Made to Play House: Dolls and the Commercialization of American Girlhood,* 13.

[15] Ibid, 16-18.

[16] Ibid, 20-23.

[17] Ibid, 20-23.

[18] Emma Tarlo, "The Secret History of Buying and Selling Hair," *Smithsonian Magazine,* November 14, 2016, https://www.smithsonianmag.com/history/secret-history-buying-and-selling-hair-180961080/.

[19] Linda Rodriguez McRobbie, "The History of Creepy Dolls," *Smithsonian Magazine,* July 15, 2015, https://www.smithsonianmag.com/history/history-creepy-dolls-180955916/.

[20] Reynale Smith Pickering, "The New Christmas Doll

Complains," *The Ladies Home Journal,* December 1908.

[21] Robin Bernstein, Racial Innocence: Performing American Childhood from Slavery to Civil Rights, (New York University Press, 2011), 17.

[22] Jon Henley, "From bedtime story to ugly insult: how Victorian caricature became a racist slur," *The Guardian,* February 5, 2009, https://www.theguardian.com/media/2009/feb/06/race-thatcher-golliwog.

[23] Robin Bernstein, Racial Innocence: Performing American Childhood from Slavery to Civil Rights, (New York University Press, 2011), 18.

[24] Julian K. Jarboe, "The Racial Symbolism of the Topsy-Turvy Doll." *The Atlantic,* November 2015, https://www.theatlantic.com/technology/archive/2015/11/the-racial-symbolism-of-the-topsy-turvy-doll/416985/.

[25] Robin Bernstein, *Racial Innocence: Performing American Childhood from Slavery to Civil Rights,* (New York University Press, 2011), 16.

[26] Leila McNeill, "How a Psychologist's Work on Race Identity Helped Overturn School Segregation in 1950s America," *Smithsonian Magazine,* October 26, 2017, https://www.smithsonianmag.com/science-nature/psychologist-work-racial-identity-helped-overturn-school-segregation-180966934/.

[27] Theresa Oneill, *Ungovernable: The Victorian Parent's Guide to Raising Flawless Children,* (Little, Brown and Company, 2019), 151.

[28] "Dolly Dear," Child Labor Builletin, August 1913, Also see Formanek-Brunell, *Made to Play House: Dolls and the Commercialization of American Girlhood, 1830-1930,* 114-115.

[29] Shelley Armitage, *Kewpies and Beyond: The World of Rose O'Neill,* (University Press of Mississippi, 1994), 6.

[30] Ibid, ix.

[31] Ibid, 120.

[32] Stephanie Buck, "Meet the hardcore feminist who created the cute Kewpie doll," *Timeline,* November 8, 2016, https://timeline.com/kewpie-doll-rose-oneill-480de6506035

3. 우리가 더 해야 할 이야기 : 아메리칸 걸 인형

[1] Antonia Fraser, *Dolls,* (Octopus Books Limited, 1963), 6.

[2] Manfred Bachmann and Claus Hansmann, *Dolls the Wide World Over,* (Crown Publishers, Inc., 1971), 19.

[3] *American Girls* podcast, "Looking for a Hero: Felicity

Saves the Day," April 15, 2019.

[4]   Henry Wiencek, "The Dark Side of Thomas Jefferson," *Smithsonian Magazine,* October 2012, https://www.smithsonianmag.com/history/the-dark-side-of-thomas-jefferson-35976004/.

[5]   Felicia R. Lee "Harvesting Cotton-Field Capitalism," *New York Times,* October 3, 2014, https://www.nytimes.com/2014/10/04/books/the-half-has-never-been-told-follows-the-money-of-slavery.html.

[6]   "The Beginning of Forever | @American Girl" YouTube video, Posted by American Girl, May 15, 2014, https://youtu.be/fAhd7-p0eDs.

[7]   Julia Rubin, "All Dolled Up: The Enduring Triumph of American Girl," *Racked,* June 29, 2015, https://www.racked.com/2015/6/29/8855683/american-girl-doll-store.

[8]   Dana Goldstein, "Two States. Eight Textbooks, Two American Stories," *New York Times,* January 12, 2020, https://www.nytimes.com/interactive/2020/01/12/us/texas-vs-california-histo-

ry-textbooks.html.

[9] "The Beginning of Forever | @American Girl" American Girl, https://youtu.be/fAhd7-p0eDs.

[10] Lisa W. Foderaro, "Doll's Village: Some See Restoration as Too Cutesy," *New York Times,* December 7, 2007, https://www.nytimes.com/2007/12/07/nyregion/07doll.html.

[11] Aisha Harris, "The Making of an American Girl," *Slate*, September 21, 2006, https://slate.com/culture/2016/09/the-making-of-addy-walker-american-girls-first-black-doll.html.

[12] @Goaldiggin_D1va. "I'm just now realizing that "American Girl" hustled me to buy a slave doll!!! Why was the only Black American Girl a legit Slave!!!! I legit BEGGED my parents for that doll, and she came with a cotton dress and a feather bed. Man smh happy #juneteenth #Addy #americangirl." Twitter, June 19, 2019, 8:00p.m., https://twitter.com/Goaldiggin_D1va/status/1141541387277492225.

[13] @francescalyn. "I think I should sell my Addy American Girldoll.But I feel really weird putting an escaped slave doll up for auction on eBay." Twitter, December 24, 2017, 2:07p.m., https://twitter.com/francescalyn/status/945038316654809089.

[14] @TakiyahNAmin. "Calling Addy a "slave doll" is so reductive. What's embedded in that tweet is that she shouldn't have been marketed or sold. Spoken like someone who didn't read the books or know about AG dolls...#longliveAddy. I'm with you @ChaniThaHippie on this...✊." Twitter,

August 30, 2019, 10:15a.m., https://twitter.com/TakiyahNAmin/status/1167485971044192256.

[15]   Rubin, "All Dolled Up: The Enduring Triumph of American Girl."

[16]   Emilie Zaslow, *Playing with America's Doll*, (Palgrave, 2017), 179.

[17]   Marcia Chatelain, "American Historian, Meet American Girl," Historians.org, December 1, 2015, https://www.historians.org/publications-and-directories/perspectives-on-history/december-2015/american-historian-meet-american-girl.

[18]   Koa Beck, *White Feminism: From the Suffragettes to Influencers and Who They Leave Behind*, (Atria Books, 2021), 39.

[19]   *American Girls* podcast, "Meet Felicity, Meet Us," February 28, 2019.

[20]   Emilie Zaslow, *Playing with America's Doll*, (Palgrave, 2017), 92.

[21]   Rubin, "All Dolled Up: The Enduring Triumph of American Girl."

[22]   Ibid.

[23] Marcia Chatelain, "American Historian, Meet American Girl," Historians.org, December 1, 2015, https://www.historians.org/publications-and-directories/perspectives-on-history/december-2015/american-historian-meet-american-girl.

[24] Alexandra Petri, "Even more terrible things are happening to the American Girl brans than you thought," *The Washington Post*, May 1, 2013, https://www.washingtonpost.com/blogs/compost/wp/2013/05/01/even-more-terrible-things-are-happening-to-the-american-girl-doll-brand-than-you-thought/.

[25] Christopher Borrelli, "The American Girl Way," *Chicago Tribune,* December 21, 2011, https://www.chicagotribune.com/entertainment/ct-xpm-2011-12-21-ct-ent-1222-american-girl-20111221-story.html.

[26] Meilan Solly, "The Enduring Nostalgia of American Girl Dolls," *Smithsonian*, June 3, 2021, https://www.smithsonianmag.com/history/evolution-american-girl-dolls-180977822/.

[27] Elizabeth Minkel, "Why it doesn't matter what Benedict Cumberbatch thinks of Sherlock fan fiction," *The New Statesman*, October 17, 2014, https://www.newstatesman.com/culture/2014/10/why-it-doesn-t-matter-what-benedict-cumberbatch-thinks-sherlock-fan-fiction.

[28] *American Girls* podcast, "Felicity Futures Part I—Fan Fiction," May 13, 2019.

[29] @PlatypusInPlaid. "The fact that the character

Courtney owns an original 1986 Molly doll means that the American Girl Company is canon within the American Girl universe. History has caught up with itself. The cycle is complete. This Ouroboros has swallowed its own tail." Twitter, September 15, 2020, 9:50p.m., https://twitter.com/PlatypusInPlaid/status/1306092958089908224.

4. 영원히 산다는 것: 유명인 인형

[1] Antonia Fraser, *Dolls,* (Octopus Books Limited, 1963), 87.

[2] Susan J. Douglas and Andrea McDonnell, *Celebrity: A History of Fame,* (New York University Press, 2019), 72–74.

[3] Douglas and McDonnell, *Celebrity: A History of Fame*, 97.

[4] HadleyMeares, "The Peculiar History of Celebrity Dolls," *Atlas Obscura*, April 5, 2016, https://www.atlasobscura.com/articles/the-peculiar-history-of-celebrity-dolls.

[5] "Shirley Temple Biography," *Biography*, https://www.biography.com/actor/shirley-temple.

[6] Gary Cross, *Kids' Stuff: Toys and the Changing World of American Childhood,* (Harvard University Press, 1997), 117.

[7] Shirley Temple Black, *Child Star: An Autobiography,* (McGraw-Hill, 1988), 68-69.

[8] Susan J. Douglas and Andrea McDonnell, *Celebrity: A History of Fame,* (New York University Press, 2019), 4.

[9] Dan Ronan, "The Dionne quintuplets: A Depression-era freak show," *CNN*, November 19, 1997, http://www.cnn.com/US/9711/19/dionne.quints/index.html.

[10] Cross, *Kids' Stuff: Toys and the Changing World of American Childhood*, 102-103.

[11] Betty Friedan, *The Feminine Mystique,* (W.W. Norton, 1963), 115.

[12] Cross, *Kids' Stuff: Toys and the Changing World of American Childhood*, 109.

[13] Douglas and McDonnell, *Celebrity: A History of Fame,* 64-65.

[14] Robert A. Frahm, "Boys Get More Attention in Class Than Girls, National Study Finds," *Hartford Courant,* February 12, 1992, https://www.courant.com/news/connecticut/hc-xpm-1992-02-12-0000204148-story.html.

[15] Bernstein, *Racial Innocence: Performing American Childhood from Slavery to Civil Rights*, 26-28.

[16] Tavi Gevinson, "Britney Spears Was Never in

Control," *The Cut*, February 23, 2021, https://www.thecut.com/2021/02/tavi-gevinson-britney-spears-was-never-in-control.html?utm_medium=s1&utm_campaign=thecut&utm_source=tw.

[17] Betsy Golden Kellem, "How the Real Madame Tussauds Build a Business Out of Beheadings," *Atlas Obscura*, October 10, 2017, https://www.atlasobscura.com/articles/tussauds.

[18] Edward Carey, "Madame Tussaud: the astounding tale of survival behind the woman who made history" *The Guardian,* October 4, 2018, https://amp.theguardian.com/books/2018/oct/04/madame-tussaud-edward-carey-little.

[19] Golden Kellem, "How the Real Madame Tussauds Build a Business Out of Beheadings."

[20] Carey, "Madame Tussaud: the astounding tale of survival behind the woman who made history."

[21] Golden Kellem, "How the Real Madame Tussauds Build a Business Out of Beheadings."

[22] Carey, "Madame Tussaud: the astounding tale of survival behind the woman who made history."

[23] Golden Kellem, "How the Real Madame Tussauds Build a Business Out of Beheadings."

[24] Lia Ryerson, "11 hilariously bad dolls that look nothing like the celebrities they're modeled after," *Insider*, June 10, 2019, https://www.insider.com/celebrity-doll-fails-2018-3.

[25] Eleanor Harvie, "16 Celeb Dolls That Are So Bad They Will Make You Cry," *The Talko*, February 22, 2017, https://www.thetalko.com/15-celeb-dolls-that-are-so-bad-they-will-make-you-cry/.

[26] You Must Remember This, Karina Longworth, "Dead Blondes, Part 1" through Dead Blondes, Part 13," January 31, 2017–April 25, 2017.

[27] *Beginners,* Focus Features, directed by Mike Mills, 2010.

[28] Tanya Lee Stone, *The Good, The Bad, and the Barbie: A Doll's History and Her Impact on Us,* (Viking Book for Young Readers, 2010), 88.

[29] Ibid, 90.

[30] Tracie Egan Morrissey, "Weekend Homework Assignment: Kill Barbie," *Jezebel*, September 7, 2007, https://jezebel.com/weekend-homework-assignment-kill-barbie-297696.

[31] Hadley Meares, "The Peculiar History of Celebrity Dolls," *Atlas Obscura*, April 5, 2016, https://www.atlasobscura.com/articles/the-peculiar-history-of-celebrity-dolls.

[32] Jia Tolentino, "Athleisure, barre, and kale: the tyranny of the ideal woman," *The Guardian*, August 2, 2019, https://www.theguardian.com/news/2019/

aug/02/athleisure-barre-kale-tyranny-ideal-wom-
an-labour.

[33]　Ibid.

[34]　Ibid.

5. 나의 가상 대리인: 아바타 "인형"

[1]　"Recap Review: The American Girl Premiere," *Real Women of Gaming,* October 15, 2018, https://real-womenofgaming.com/2018/10/15/__trashed/.

[2]　Adrienne Raphel, "Our Dolls, Ourselves?" *The New Yorker,* October 9, 2013, https://www.newyorker.com/business/currency/our-dolls-ourselves.

[3]　Ibid.

[4]　Amanda Hess, "What Do Our Online Avatars Reveal About Us?" *New York Times Magazine,* May 10, 2016, https://www.nytimes.com/2016/05/15/magazine/what-do-our-online-avatars-reveal-about-us.html.

[5]　Ian Bogost, "Emoji Don't Mean What They Used To," *The Atlantic,* February 11, 2019, https://www.

theatlantic.com/technology/archive/2019/02/how-new-emoji-are-changing-pictorial-language/582400/.

[6]   Hess, "What Do Our Online Avatars Reveal About Us?"

[7]   Ibid.

[8]   Laura Parker "Video Games Allow Characters More Varied Sexual Identities," *New York Times,* August 13, 2016, https://www.nytimes.com/2016/09/01/technology/personaltech/video-games-allow-characters-more-varied-sexual-orientations.html.

[9]   Kellen Browning, "Where Has Your Tween Been During the Pandemic? On This Gaming Site," *New York Times,* August 16, 2020, https://www.nytimes.com/2020/08/16/technology/roblox-tweens-videogame-coronavirus.html.

[10] Catherine Gewertz, "Bitmoji Classrooms: Why Teachers Are Buzzing About Them," *Education Week,* July 30, 2020, https://www.edweek.org/teaching-learning/bitmoji-classrooms-why-teachers-are-buzzing-about-them/2020/07.

[11] Stephanie Rosenbloom, "It's Love at First Kill," *New York Times,* April 22, 2011, https://www.nytimes.com/2011/04/24/fashion/24avatar.html.

[12] Parker "Video Games Allow Characters More Varied Sexual Identities."

[13] Hess, "What Do Our Online Avatars Reveal About Us?"

[14] Browning, "Where Has Your Tween Been During the Pandemic? On This Gaming Site."

[15] Kumari Devarajan, "White Skin, Black Emojis?" *NPR Code Switch*, March 21, 2018, https://www.npr.org/sections/codeswitch/2018/03/21/425573955/white-skin-black-emojis.

[16] Jess Zimmerman, *Women and Other Monsters: Building a New Mythology,* (Beacon Press, 2021), 53.

[17] Ibid.

[18] Ernest Cline, *Ready Player One,* (Ballantine Books, 2011), 35.

[19] Ibid.

[20] Ibid, 173.

[21] Ibid, 376.

[22] Zimmerman, *Women and Other Monsters: Building a New Mythology,* 63.

[23] Booth Moore, "Waiting to Exhale," *Los Angeles Times,* February 6, 2000, https://www.latimes.com/archives/la-xpm-2000-feb-06-cl-61461-story.html.

나오며

[1] Lee and Low Books, "Where Is the Diversity in Publishing? The 2019 Diversity Baseline Survey Results," January 28, 2020, https://blog.leeandlow.com/2020/01/28/2019diversitybaselinesurvey/.

[2] USA Facts, "How many women graduates with STEM degrees?" September 28, 2020, https://usafacts.org/articles/women-stem-degrees/.

옮긴이 **노지양**

영문학을 전공하고 졸업 후 KBS와 EBS에서 라디오 방송 작가로 일하다 번역가가 되었다. 『인생에 가장 가까운 것』『괴물들』『사나운 애착』『헝거』등 다양한 장르의 영미권 도서 100여 권을 옮겼다. 에세이 『먹고사는 게 전부가 아닌 날도 있어서』『오늘의 리듬』『우리는 아름답게 어긋나지』(공저)를 쓰고 영문 필사집 『이토록 아름다운 영어 문장들』을 엮었다.

지식산문 O 07

인형

초판 인쇄 2026년 2월 26일
초판 발행 2026년 3월 18일

지은이 마리아 테레사 하트
옮긴이 노지양

펴낸곳 복복서가(주)
펴낸이 장은수
출판등록 2019년 11월 12일 제2019-000101호
주소 03720 서울특별시 서대문구 연희로 28길 3
홈페이지 www.bokbokseoga.co.kr
전자우편 edit@bokbokseoga.com
마케팅 문의 031) 955-2689

ISBN 979-11-94996-09-5 04800
　　　　979-11-91114-74-4 (세트)

이 책의 판권은 지은이와 복복서가에 있습니다.
이 책 내용의 전부 또는 일부를 재사용하려면 반드시 양측의 서면 동의를 받아야 합니다.
이 책의 일부를 어떤 방식으로든 인공지능 기술이나 시스템 훈련 목적으로 사용하거나 복제할 수 없습니다.
No part of this book may be used or reproduced in any way for the purpose of training artificial intelligence techniques or systems.

잘못된 책은 구입하신 서점에서 교환해드립니다.
기타 교환 문의: 031) 955-2661, 3580